I0417790

Natale
a sorpresa

Kristine Petri

Ghostly Whisper

Proprietà letteraria riservata

Copyright ©2024 Ghostly Whisper Ltd. – Ladybug Series

Questa è un'opera di fantasia. Nomi, personaggi e luoghi narrati sono un'invenzione dell'autore o usati in maniera fittizia. Qualsiasi analogia con persone, eventi e luoghi reali è puramente casuale.

A norma della legge sul diritto d'autore e del codice civile è vietata la riproduzione di questo libro o parte di esso con qualsiasi mezzo, elettronico, meccanico, per mezzo di fotocopie, microfilm, registrazioni o altro.

ISBN: 978-1-917437-13-4

Website: http://www.ghostlywhisper.com

Facebook: https://www.facebook.com/ghostlywhisperltd

https://www.facebook.com/ladybugbookseries

Instagram: https://www.instagram.com/ghostlywhisperltd

https://www.instagram.com/ladybugbookseries

X: https://x.com/GW_BooksEtc

Threads: https://www.threads.net/@ghostlywhisperltd

CAPITOLO 1

Ho la netta sensazione che quest'anno dicembre sia arrivato in un lampo, molto più velocemente rispetto agli altri anni. E, come sempre, le strade di Londra brillano di luci dorate e addobbi scintillanti. I mercatini di Natale riempiono le piazze e l'aria è intrisa del profumo di cannella, cioccolata, vin brûlé e caldarroste. Malgrado il freddo pungente, le persone che passeggiano per le strade sembrano più sorridenti, avvolte nei loro cappotti e sciarpe colorate. Nonostante sia il periodo più magico dell'anno, per me questa volta è tutto diverso. Non riesco a sentirlo, a percepirlo nell'aria.

È una mattina grigia e umida, sto lottando con una ghirlanda natalizia particolarmente ostinata mentre cerco di decorare la vetrina del mio negozietto, il "Daisy's Retro Dreams", un piccolo paradiso di articoli vintage di ogni sorta nascosto tra le stradine acciottolate che si intrecciano nei dintorni di Covent Garden. Anche i miei capelli, intanto, seguono la stessa strada e si ribellano vistosamente alla molletta che dovrebbe tenerli legati, ricadendomi continuamente sul viso e intrappolandosi tra i fili di lucine.

Questa mattina sono davvero un disastro! Anche il mio aspetto lo è, del resto, visto che indosso il mio maglione oversize rosso, un paio di jeans consumati e i miei stivali preferiti che hanno visto giorni migliori. Però, per questo tipo di lavoro, ho puntato sulla comodità e il mio abbigliamento di oggi è l'ideale.

«Perché ho deciso di fare tutto da sola?» sospiro rassegnata, mentre il filo di luci si attorciglia ancora di più, come in una sorta di ribellione contro l'impegno che sto impiegando per districarlo. «Perché sono così testarda da non chiedere mai aiuto a nessuno? Accidenti a te, Daisy Harper, devi smetterla di essere così sciocca!»

Forse perché sono rimasta una sognatrice incallita che ancora spera di ricevere aiuto spontaneamente, ecco perché! Ma il mio sogno di vedere un affascinante cavaliere in scintillante armatura che da un momento all'altro potrebbe entrare nel mio negozio per condurmi in salvo non si realizzerà proprio mai! A trent'anni dovrei averlo imparato, eppure non sono riuscita ancora a capirlo! Di solito sono dotata di una vena ironica, tanto da prendermi gioco anche di me stessa il più delle volte, ma ultimamente non ci riesco. È più forte di me. La rottura con Edward Robinson, il mio ex, mi ha lasciato un senso di vuoto, anche se detesto ammetterlo. Avevo riposto troppe speranze nella nostra relazione, invece lui ha deciso di lasciarmi di punto in bianco con una fredda e razionale spiegazione su quanto siamo diversi, sulle nostre incompatibilità caratteriali e altre scuse del genere. Da allora mi sento bloccata, incapace di scrollarmi di dosso questa malinconia che ora mi scorre nelle vene dandomi la netta percezione di essere del tutto inutile, inadeguata.

Sono così immersa nei miei pensieri e rimpianti che il tintinnio del campanello della porta mi fa sobbalzare.

«Il negozio è ancora chiuso!» avverto senza nemmeno girarmi, cercando di districare il filo di luci che non vuole saperne di liberarsi. «Ancora un po' di pazienza!»

«Chiedo scusa, non ho controllato l'orario e la porta era aperta.» Una voce maschile, profonda e vagamente sarcastica, mi coglie alla sprovvista. «Non male le decorazioni.»

Così sono costretta a voltarmi, tenendo in mano la matassa di lucine aggrovigliate. Mi ritrovo davanti un uomo alto, con i capelli castano scuro spettinati, la barba un po' incolta e un'espressione che oscilla tra l'annoiato e l'ironico. Non male anche lui, devo dire, il suo look è davvero particolare. Indossa un cappotto nero elegante ma leggermente sgualcito e una sciarpa grigia avvolta intorno al collo distrattamente. Noto che ha profondi e intensi occhi scuri, incorniciati da leggere occhiaie che gli donano un'aria vissuta, quasi malinconica. Mi fissa con espressione un po' scettica.

«Non vendiamo ancora decorazioni natalizie. Ma, a questo punto, forse il prossimo anno potrei prendere in considerazione l'idea.» Così cerco di mascherare l'imbarazzo con un tono scherzoso.

Lui alza un sopracciglio, estraendo una macchina fotografica dal suo zaino.

«Tranquilla, non sono qui per comprare decorazioni natalizie o altro. Solo per scattare qualche foto.»

Lo fisso, sorpresa e leggermente irritata. «Scattare foto? Di cosa?»

«Della tua vetrina, esterna e interna. E del negozio. Ha un certo fascino, un fascino un po' trasandato certo, ma autentico.»

«Trasandato?» ripeto, incrociando le braccia. «Come trasandato?»

«Intendo in senso buono!» mi risponde con un mezzo sorriso. Poi, senza aspettare il permesso da parte mia, punta l'obiettivo verso la vetrina e verso l'interno del negozio, scattando un paio di fotografie. Faccio subito un passo avanti, alzando la mano per fermarlo.

«Ehi! Non puoi entrare e metterti a scattare fotografie senza nemmeno chiedere!»

«Troppo tardi, mi dispiace» replica lui, controllando gli scatti sul display della fotocamera. «Comunque, quelle luci aggrovigliate addosso ti stanno benissimo. Danno un tocco naturale alla visione d'insieme, diciamo.»

Sospiro e scuoto la testa, cercando di mantenere la calma.

«E va bene. Puoi anche smetterla di prendermi in giro. Chi sei tu, esattamente?»

«James Scott. Sono per lo più un fotografo freelance, però lavoro per diverse riviste e anche per un blog di lifestyle e viaggi. In questo momento per *"Lifestyle London"* stiamo sviluppando una serie di servizi sui negozi vintage e io sono stato incaricato dal mio editore di occuparmi di questa zona di Londra. Mi è andata bene, è una delle mie preferite. Comunque, ho una lista.» Estrae un foglio e me lo sventola di fronte. «Iniziare da "Daisy's Retro Dreams" di Daisy Harper. Che sei tu, giusto?»

«Sì, giusto. Ma pensavi che entrare e iniziare a scattare fotografie ovunque senza permesso fosse una buona idea?»

«Non pensavo di disturbare, anzi questo servizio potrebbe addirittura tornarti utile per la pubblicità che ne deriverebbe» risponde lui, alzando le spalle con nonchalance. «Forse non lo sai, ma *"Lifestyle London"* è una rivista davvero seguita. Ma se per te è un problema, posso anche cancellarle e spiegare a

Mark Lewis, il mio editore, che la proprietaria non è stata d'accordo con l'iniziativa. Voglio dire… non sei obbligata ad accettare, ovviamente.» Però non si muove, non fa alcun cenno di voler dare seguito alle sue parole o di cancellare le foto. «Dipende tutto da te.»

Lo fisso negli occhi per un momento, cercando di decidere se sono più irritata o incuriosita. C'è qualcosa in questo… come si chiama? Ah, sì, James Scott, che mi mette sulla difensiva, ma al tempo stesso non riesco a ignorare il fascino disinvolto che emana dal suo aspetto un po' dimesso, dal suo sguardo audace e provocante.

E poi in effetti la rivista che ha nominato, *"Lifestyle London"*, è piuttosto celebre e ben curata, ricca di articoli interessanti e belle immagini, mi è capitato di sfogliarla in diverse occasioni.

«E va bene! Per questa volta te lo concedo. Alla fine, come mi hai ricordato, potrebbe tornare utile anche a me. Scatta pure le tue foto, ma solo dopo che avrò finito di sistemare la vetrina, a questo punto pretendo che il mio negozio sia perfetto in quelle immagini. Ma niente commenti sul mio lavoro, sulle mie decorazioni, luci natalizie… insomma, hai capito!»

«Promesso» risponde lui, accennando un sorriso che sembra più una sfida. «Niente commenti inopportuni. Anche se… esserti aggrovigliata in

10

quel modo denota un certo impegno, non c'è dubbio!»

Quando gli lancio un'occhiata truce, solleva le mani in segno di resa. Scuoto la testa e continuo imperterrita con la mia operazione. Ce la posso fare, lo so! Ce la devo fare!

Finalmente riesco a liberarmi e mentre James si sposta sempre di più verso l'interno del negozio e il bancone, decido di lavorare alla vetrina, con tutto l'impegno possibile. Sono ancora demotivata, ma il mio umore sembra leggermente cambiato. Forse per l'opportunità che il mio negozio finisca su una rivista abbastanza importante. E poi, nonostante l'incontro sia stato irritante e la prima impressione contraddittoria, c'è qualcosa di elettrizzante nel modo in cui James si muove e mi sfida. Credo sia la prima volta, dopo tanto tempo, che mi sento davvero vista, considerata. Anche se non necessariamente in modo positivo ed esaltante.

«Bene, per ora credo di aver concluso. Ma ci rivedremo, Daisy, lavorerò ancora un po' nei dintorni e tornerò a trovarti.»

«Va bene, passa quando vuoi.»

Quando se ne va, ringraziandomi e salutandomi con un cenno della mano, percepisco un curioso senso di vuoto che non so come spiegare.

Proprio in quell'istante, mentre lui sta per uscire, nel negozio entra Lisa, la mia migliore amica. Si incrociano furtivamente sulla porta.

«Ehi, ma chi era quel tipo?» Mi chiede reggendo tra le dita un bicchiere di caffè fumante, dopo essersi voltata più volte. «Non ho fatto nemmeno in tempo a rimirarlo per bene che se n'era già andato. Però mi è sembrato notevole come maschio. Cosa ci faceva qui? Cos'ha comprato? Sono curiosa!»

Lisa Stafford è la personificazione e l'essenza stessa del glamour e della moda, settore in cui lavora accanitamente da quasi dieci anni. Con i suoi capelli neri perfettamente stirati, un cappotto di lana blu elettrico e gli stivali al ginocchio impeccabili è semplicemente perfetta. Tanto che la sua presenza riempie la stanza e qualunque ambiente si trovi. Lavora nella moda, si occupa di organizzazione eventi e marketing; quindi, è piuttosto scontato che ci tenga particolarmente al look, ma lei è davvero perfetta in qualsiasi occasione. Anche se deve andare soltanto a fare la spesa. L'esatto opposto di me, in pratica. Forse per questo andiamo tanto d'accordo!

«Nessuno di speciale e non ha comprato nulla, purtroppo. Da quanto ho capito, è solo un fotografo freelance incaricato da *"Lifestyle London"* di fare un servizio fotografico sui negozi vintage della zona. Il suo nome è James Scott, mai sentito.

Apparentemente, ha deciso che il mio negozio deve essere il primo della sua lista ad essere immortalato» rispondo diligentemente, sentendomi in parte ancora un po' tesa.

«"*Lifestyle London*", la rivista di Mark Lewis. Niente male! Ci ho avuto a che fare un paio di volte, bel colpo amica mia!» Lisa non riesce a reprimere un sorriso complice. «E tu? Avresti bisogno anche tu di essere immortalata da quel bel fotografo. Se solo recepissi finalmente qualche mio consiglio sulla moda e sul trucco, invece di fare sempre di testa tua. Lasciatelo dire, quel maglione è inguardabile! Dovresti solo concederti qualche possibilità in più per ricominciare a...»

«Non cominciare, Lisa. E non te la prendere con il mio maglione, tu non puoi sapere quanto è comodo!» La fermo immediatamente, lanciandole un'occhiata di avvertimento. «Comunque, non è stato quel tipo di incontro. Io non sono interessata e di certo lui ha ben altro per la testa. Si è trattato soltanto di un lavoro che gli hanno assegnato e che deve portare a termine. Punto. Non iniziare a fantasticare, come tuo solito.»

«Oh, ma quante storie! Forse non ti rendi conto che tutti gli incontri fortuiti o di lavoro hanno il potenziale per trasformarsi in qualcosa di completamente diverso.» Lisa ribatte, non si dà per vinta, tanto per cambiare, determinata com'è ad

13

avere sempre ragione. «Qualcosa di sconvolgente, che potrebbe cambiarti la vita per sempre. E comunque io non fantastico, io sono positiva!»

Scuoto la testa e rido, anche se è solo per farla contenta. Lisa è davvero inarrestabile quando si impunta su qualcosa o su qualcuno. Cerco di sminuire la sensazione, ma intanto non riesco a ignorare un leggero brivido di curiosità. Natale, con la sua magica atmosfera, è sempre stato il mio periodo preferito, fin da bambina. Ma quest'anno mi sembra vuoto, privo di vita e di quella magia che tanto amo. Oltre alla rottura con Edward, questa volta non avrò nemmeno la possibilità di trascorrere la pausa natalizia in Cornovaglia, con i miei genitori e mia sorella, a causa del mio impegno con il negozio. Le cose non stanno andando benissimo, quindi non me la sento tenerlo chiuso troppo a lungo nel periodo che potrebbe essere il più proficuo per i miei affari.

Tuttavia, l'incontro con James, per quanto fuori programma e un po' fastidioso, sembra aver acceso una scintilla dentro di me. So che dovrei ignorarla, sarebbe la cosa più sensata e saggia da fare. Ma non ci riesco, perché forse questo Natale potrebbe riservarmi ancora qualche sorpresa, dopotutto. Devo solo avere la pazienza di aspettare e vedere cosa succede.

CAPITOLO 2

La sera è calata su Londra, avvolgendo la città in un'atmosfera incantata. Le luci natalizie illuminano le strade donando loro una calda tonalità dorata, mentre le vetrine dei negozi luccicano di rosso e argento. Il suono delle risate e delle chiacchiere riempie l'aria, mescolandosi al tintinnio delle campanelle e al canto di un coro natalizio in lontananza.

Cammino accanto a Lisa lungo una via affollata della City, stringendo la sciarpa di lana attorno al collo per proteggermi dal vento gelido. Indosso il mio cappotto blu scuro che ha già visto innumerevoli inverni. Su insistenza di Lisa mi sono data un velo di trucco, con la semplicità che riflette il mio stato d'animo: una leggera passata di mascara e un tocco di rossetto color corallo, niente di più. Non mi sento esattamente in vena di festa, ma Lisa non mi ha lasciato scelta.

"Devi uscire e divertirti. Provaci, almeno!" Queste sono state le sue parole qualche ora fa, brandendo un vestito glitterato come se fosse un'arma. "Non puoi continuare a nasconderti dietro il bancone del tuo negozio. E poi, chi sa chi potresti incontrare?"

Ora, dirette verso la festa aziendale organizzata da un'agenzia di marketing con cui Lisa collabora, mi sto chiedendo perché mai io abbia accettato. Il pensiero della folla, delle risate forzate e delle chiacchiere superficiali mi rende estremamente nervosa. Ma il motivo del mio malessere ha solo un nome e io sono costretta ad ammetterlo e riconoscerlo: Edward.

È sempre e solo lui, l'unica vera ombra che offusca il mio Natale. Lui, alto, elegante e sempre impeccabile, l'uomo perfetto agli occhi di tutti ma imperfetto nei miei confronti, quello per cui io dovevo sentirmi fortunata di essere stata "la prescelta". Lavora in una prestigiosa banca londinese, indossa solo completi su misura ed è dotato di una calma glaciale che nei primi tempi della nostra storia avevo trovato rassicurante. Ma dopo tre anni insieme, quella calma si è rivelata soltanto per quello che realmente è, una sorta di distacco emotivo che inizialmente non avevo percepito. La nostra rottura, comunque, per me è stata come un pugno nello stomaco. E mi fa ancora male.

"Mi dispiace, Daisy, non siamo più sulla stessa lunghezza d'onda" mi ha detto con il tono piatto che usa sempre per discutere di bilanci. Evidentemente, io per lui in quel momento sono stata un affare che all'improvviso non era più conveniente. "Tu vivi in un mondo fatto di sogni e ingenuità, mentre io ho bisogno di stabilità. Non siamo compatibili."

Ho incassato il colpo con dignità, che altro avrei potuto fare? Ma dentro mi sono sentita devastata. Mi sento ancora così. I mesi successivi al suo abbandono sono stati un'alternanza continua di rabbia, tristezza e dubbi su me stessa. Ora, anche se sono determinata a lasciarmi tutto alle spalle, per quanto possibile, il pensiero di incontrarlo di nuovo mi fa salire un nodo alla gola.

Arriviamo davanti a un elegante edificio vittoriano addobbato con ghirlande luminose. Una fila di persone ben vestite per entrare all'evento passa sotto un grande arco di vischio, accompagnata dal suono di una band jazz che suona un'interpretazione festosa di *Jingle Bells*. Ci accodiamo anche noi e quando finalmente riusciamo a entrare depositiamo i nostri cappotti. Lisa, splendida nel suo vestito nero con paillettes e tacchi vertiginosi, si volta decisa verso di me.

«Ricordati, questa è una festa. Sorridi, bevi qualcosa e goditi la serata. E se vedi lo stronzo, perché è possibilissimo che sia presente a questo tipo di eventi, semplicemente ignoralo. Dimostragli che sai divertirti anche senza di lui. Anzi, che puoi fare di meglio, senza di lui!» Lisa mi mette in guardia, come sempre. Mi conosce fin troppo bene da molto tempo, sa come sono fatta. «Ti presenterò un po' di persone interessanti, forse troverai qualcuno di abbastanza speciale da toglierti quel narcisista megalomane dalla testa una volta per tutte! Devi solo scioglierti, lasciarti andare.»

«Facile a dirsi» borbotto tra me, seguendola nel salone principale. «Però farò del mio meglio, promesso!»

L'interno, come c'era da aspettarsi, è addobbato in modo impeccabile: enormi alberi di Natale decorati con fiocchi dorati, tavoli pieni di dolciumi e calici di champagne scintillanti. Gli ospiti chiacchierano in gruppetti, ridendo e scambiandosi auguri. Altro che divertirmi, qui mi sento fuori posto, come una comparsa in un film a cui non appartengo per stile, abbigliamento e stato d'animo.

Nonostante tutto mi lascio guidare da Lisa e dal suo entusiasmo, la seguo diligentemente, annuisco, sorrido e mi sforzo di sciogliermi nella conversazione con le persone che mi presenta, tra cui un paio di ragazzi dall'aspetto piuttosto attraente ma che non suscitano in me nessuna "scintilla" particolare.

E poi lo vedo. Come, del resto, mi aspettavo fin dal principio.

Edward si trova posizionato vicino a uno dei buffet, con un bicchiere di vino rosso in mano e il suo classico sorriso di circostanza dipinto sul volto. Indossa un completo grigio scuro che sembra fatto su misura per lui e che accarezza la sua figura alta e slanciata. Accanto a lui c'è una donna dai capelli biondi perfettamente acconciati, che ride in modo un po' troppo sfacciato a qualcosa che lui ha appena detto. Edward annuisce, sorride e le sfiora il fianco con la mano. Vorrei evitarlo, ma non ci riesco, sento il cuore accelerare e così distolgo lo sguardo, cercando disperatamente un punto neutro su cui concentrarmi.

«Ehi, tutto bene?» Lisa mi afferra per un braccio, cercando di richiamare la mia attenzione.

«Sì, perfettamente.» L'ha visto anche lei, ovviamente. Ma io non posso e non voglio lasciarmi sconvolgere, per l'ennesima volta. Prendo un bicchiere di champagne dal vassoio di un cameriere. Ubriacarmi sarà una soluzione? Non credo, ma in qualche modo ho bisogno di distrarmi. «Sto bene, Lisa. Davvero.»

«Perfetto! Non dargli soddisfazione, adesso ti presento altre persone, devi ampliare il tuo giro di conoscenze, lo farai impazzire quando si renderà conto di ciò che ha perso. Ora rilassati e... oh mio Dio, guarda chi c'è!» esclama Lisa, abbassando la voce e facendo un cenno con il mento. «Non è il tuo fotografo, quello? Mi sembra proprio lui!»

Il mio fotografo? Seguo lo sguardo di Lisa e mi trovo di fronte una figura fin troppo familiare. Sì, la mia amica, con il suo occhio clinico in fatto di uomini, non si sbaglia. È proprio lui, James Scott! Appoggiato a un angolo della sala, con un bicchiere di vino in mano e lo sguardo vagamente divertito mentre osserva i partecipanti all'evento. Indossa un blazer blu scuro sopra una camicia bianca leggermente sbottonata, con un paio di jeans che sembra quasi una provocazione in un evento così formale. Però… però è incredibilmente sexy! Non posso non ammetterlo.

«Cosa ci fa lui qui?» Mi chiedo perplessa. Proprio non me lo sarei aspettato.

«Non ne ho idea. Ma direi che possiamo andarlo a chiedere direttamente a lui!»

Prima che riesca a fermarla, Lisa si è già mossa per avvicinarsi a James con il suo solito sorriso sfrontato e radioso. Non mi resta che seguirla, accidenti! Mi metterà nei guai, già lo sento!

«Ehi, fotografo!» lo richiama Lisa, attirando la sua attenzione. Accidenti, ma quanto è sfacciata! Non ci credo! «Sei qui per lavoro o per divertirti? Comunque, io sono Lisa Stafford, molto piacere.»

James alza lo sguardo, sorridendo impercettibilmente. «James Scott. Entrambe le cose, direi. Lavoro e divertimento. Ma al momento mi sto solo guardando intorno per prendere confidenza con l'ambiente. E voi?»

«Io sono qui per socializzare, mentre Daisy sembra determinata a fondersi con la tappezzeria.» Lisa, con un sorriso complice, mi afferra per un braccio attirandomi verso di lui. «Conosci già la mia amica Daisy, vero?»

«Ah, certo. Tappezzeria vintage, immagino. Perfettamente in tema con il tuo negozio.» James sorride, voltando lo sguardo su di me. Io, intanto, vorrei solo sprofondare, sparire, trovarmi ovunque ma non qui.

Ricambio lo sguardo, incerta se ridere o rispondere a tono. Opto per la seconda opzione. «E tu, invece, sei qui per guardarti intorno e vedere se puoi ampliare la tua collezione di foto rubate?»

«Solo se trovo qualcosa di interessante» replica prontamente, il suo tono si trasforma in un mix di sfida e divertimento. «Ma finora direi che ho già abbastanza materiale. Dal tuo ingresso, ne sono ancora più convinto. Hai animato la mia serata.»

«Oh, ma che fortuna!» ribatto senza esitare, cercando di ignorare il calore che sento salire alle guance. Perché non sono come Lisa? Perché non so controllarmi? E quel che è peggio... il mio linguaggio corporeo è sempre così maledettamente evidente!

Lisa passa lo sguardo da me a James, poi torna a me, battuta dopo battuta. Ci sta osservando con un sorrisetto divertito, come se fosse appena inciampata nella scena di una commedia romantica. «Bene, ragazzi, io vado a farmi un giro per salutare altri amici e colleghi. Lascerò voi due a… discutere di tappezzeria e fotografia. Quel che preferite!»

La guardo andare via, vorrei seguirla, approfittarne per scappare, ma mi trattengo. Prendo un respiro e torno a concentrarmi su James. «Quindi, sei un habitué di feste aziendali di questo tipo?»

«Non proprio. Di solito le evito come la peste ma Simon, un amico e collega della rivista che ora sarà disperso chissà dove, mi ha trascinato qui dicendo che potrebbe essere un'ottima opportunità per il mio lavoro. In effetti non aveva tutti i torti. E tu? Non mi sembri qui di tua spontanea volontà. O sbaglio?»

«Non sbagli, sono stata trascinata qui con la forza, o quasi, da Lisa. Non sono esattamente il tipo da eventi del genere.»

«Non l'avrei mai detto!» ridacchia, strizzandomi l'occhio con un'aria intrigante che mi provoca una fitta al basso ventre. «Però sei perfettamente a tuo agio nel mettere in riga gli intrusi.»

Sorrido e annuisco, mio malgrado. Mi sento strana, forse è l'effetto del vino che ho appena assaggiato, forse è altro. Forse è lui, questo stravagante fotografo di nome James Scott. Ma io non mi lascerò sedurre e manipolare, come in passato.

No, io non lascerò che accada. Il suo sguardo su di me mi fa sentire fragile, vulnerabile. Ma, almeno per il momento, ha alleggerito il mio stato d'animo. E forse questa serata sarà molto meno peggio di quanto mi sarei aspettata.

CAPITOLO 3

Mi sveglio il giorno dopo con una sensazione strana, un misto di sollievo e confusione. La festa aziendale è proseguita e si è conclusa in modo più sopportabile del previsto, ma non grazie all'atmosfera luccicante o al cibo impeccabile. Ciò che mi ha davvero colpita è stato il mio nuovo e inaspettato incontro con James. Sono costretta ad ammetterlo. Dopo aver trascorso buona parte della serata a punzecchiarci, mi sono ritrovata a parlare con lui in un angolo meno affollato della sala. Abbiamo discusso un po' di tutto anche se siamo rimasti concentrati su argomenti superficiali, dalle migliori cioccolaterie di Londra, ai mercatini che entrambi adoriamo e che ci trascinano in un'epoca remota, al fascino che i film natalizi di serie B esercitano sulle persone. Anche su di me, lo ammetto. Tra di noi la tensione si è sciolta, ma allo stesso tempo è stato come se entrambi non ci volessimo esporre e sbilanciare troppo. Non ancora.

In ogni caso, James si è rivelato sorprendentemente divertente e, nonostante il suo tono sempre un po' cinico, c'è qualcosa di disarmante nel modo in cui mi guarda, come se stesse cercando di decifrare ogni mia parola, ogni mio gesto. Ma forse questo fa parte del suo lavoro, del suo "atteggiamento da fotografo" che scruta attentamente i soggetti da riprendere, da catturare nelle sue immagini.

Alla fine, Simon, l'amico di James, si è rifatto vivo. Io mi sono trattenuta ancora un po' con loro, poi li ho salutati e sono andata a cercare Lisa per comunicarle che per me si stava facendo tardi. L'ho seguita in un ultimo giro dedicato alle sue "pubbliche relazioni" con altre persone presenti, poi ce ne siamo andate entrambe. Quindi l'esito della serata non è stato per me poi così fallimentare, nonostante la presenza (ingombrante) di Edward che a un certo punto mi ha puntato gli occhi addosso con un'espressione un po' gelida e stizzita. Al momento però preferisco rimuoverlo dalla mente, non pensarci. Ho di meglio da fare!

Perché ora, mentre sorseggio il caffè e osservo la strada dalla finestra del mio appartamento di Islington, non posso fare a meno di pensare a James. Sta occupando la mia mente in modo del tutto inaspettato e anche un po' preoccupante.

«Forse è solo un'impressione» mormoro a me stessa, sforzandomi di mettere a tacere i pensieri. «Non devo perdermi dietro a lui, devo mantenere il controllo! Non ho bisogno di altri guai.»

Cerco di distogliermi e mi preparo per la giornata. Di fronte allo specchio provo a dare una forma ai miei capelli castano chiaro, sempre spettinati, e mi concedo anche un po' di trucco sugli occhi e sulle labbra. Lisa mi rimprovera spesso di non valorizzare abbastanza i miei occhi verdi, ora spero di averla accontentata!

Mi incammino di corsa verso la stazione e prendo la metropolitana per raggiungere il mio negozio a Covent Garden. Ci manca soltanto che faccia tardi perdendomi a fantasticare su quel fotografo!

Il cielo oggi è di un grigio uniforme e l'aria è intrisa di quel profumo pungente che preannuncia la neve. Faccio appena in tempo ad aprire la porta del mio "Daisy's Retro Dreams" e a varcare la soglia, che sento il familiare tintinnio del campanello.

«Buongiorno, mia cara. Sei pronta per il grande evento di questa sera?»

Riconosco immediatamente la voce, mi volto e sorrido alla signora elegante e ben curata che mi si avvicina. Mrs. Madeline Evans è una donna sulla settantina, con capelli argentei sempre raccolti in un impeccabile chignon e occhi azzurri che brillano di un'energia contagiosa. Molto conosciuta e stimata nel quartiere, da molti anni è una cliente abituale del negozio, mi ha seguita passo dopo passo, praticamente da quando ho aperto.

Ci siamo incontrate quando ha visto, in vetrina, un vecchio grammofono e, scoprendo la nostra comune passione per gli oggetti antichi, ha cominciato a frequentare il "Daisy's Retro Dreams" regolarmente. Da allora, ogni visita è diventata un'occasione per condividere storie di vita, consigli e, a volte, dolci fatti in casa che Mrs. Evans porta con sé per stuzzicarmi e viziarmi.

«Non sapevo nemmeno che ci fosse un evento questa sera» rispondo incerta. In che cosa mi trascinerà, questa volta?

Ora che ci penso, mi sembra di aver notato alcune locandine nei dintorni, ma ero troppo occupata a decorare la mia vetrina per pensare di prendervi parte.

«Oh, tesoro, non puoi perdertelo. È la famosa caccia al tesoro natalizia del quartiere! Quest'anno finalmente è stata ripristinata a scopo benefico e io sono stata scelta per sostenere l'iniziativa, insieme al nostro Mr. Wilkinson!»

Appena nomina Mr. Wilkinson mi rendo conto che per me non ci sarà via d'uscita. John Wilkinson, più o meno coetaneo di Mrs. Evans è un'altra presenza costante nel mio negozio e si occupa del restauro degli orologi a pendolo e a cucù, settore in cui io non eccello. È un grande aiuto per me, mi consiglia sempre volentieri. Quindi non posso deludere né lui né Mrs. Evans.

«Va bene, ma io non so se sarò in grado...»
Cerco debolmente di svincolarmi, per quanto
possibile. «Non sono molto brava in queste cose.»

«Come no? È semplicissimo. Sai come
funziona... Ogni partecipante riceve una lista di
indizi e deve trovare una serie di oggetti nascosti nei
negozi e nei mercatini della zona. È una tradizione
adorabile e, diciamolo, oltre alla buona causa è
anche un ottimo modo per distrarsi e conoscere
nuove persone.»

Sorrido e annuisco. Mrs. Evans ha ragione, è
un'ottima occasione per familiarizzare con le
persone del quartiere e anche con i visitatori.

«Va bene, ci sarò, per farla contenta. Ma solo se
mi promette di partecipare anche lei!»

«Oh no, mia cara, io devo aiutare
nell'organizzazione, insieme al vecchio John. Però
prometto che sarò il tuo supporto morale. Credo che
tu abbia bisogno di un partner giovane e sveglio.
Chissà, magari il destino ti metterà di fronte proprio
la persona giusta!»

CAPITOLO 4

Quando in serata raggiungo la piazza di Covent Garden, il quartiere è vivo e animato di luci e risate. Un enorme albero di Natale è posizionato in pieno centro, decorato con migliaia di lucine bianche. Bancarelle variopinte vendono dolci, vin brûlé e oggetti artigianali, mentre i partecipanti alla caccia al tesoro si riuniscono attorno a un piccolo palco. Gli organizzatori, tra cui Mrs. Evans che mi sorride con un cenno di saluto e Mr. Wilkinson che annuisce soddisfatto, distribuiscono le liste con gli indizi. E va bene, ormai ho promesso!

«Vincerai anche per noi, vero dolcezza?» Mi provoca Mr. Wilkinson, strizzando leggermente gli occhi chiari e accarezzandosi la barba bianca, molto in stile Babbo Natale. «Io e Madeline abbiamo scommesso su di te!»

«Farò del mio meglio!»

Sospiro per farmi coraggio e mi decido ad avvicinarmi al banco per registrarmi. Ma, prima che possa prendere in mano la mia lista, una voce familiare un po' roca e profonda mi costringe a voltarmi.

«Stai forse cercando di vincere un premio senza di me?»

Non ci posso credere! Ancora lui. Mi sta seguendo, per caso? No, ovviamente. Sta semplicemente partecipando alle attività del quartiere che gli è stato affidato dal suo capo. O almeno credo. Si tratta soltanto di lavoro per lui.

Comunque, James Scott è di nuovo qui, di fronte a me, con un sorriso ironico e il suo cappotto un po' sgualcito che lo protegge dal freddo. Ha le guance leggermente arrossate e il solito sguardo curioso che sembra scrutarmi più a fondo di quanto dovuto.

«Tu partecipi a questa cosa?» gli domando, sorpresa.

«Perché no? L'ho saputo solo questa mattina mentre stavo scattando fotografie nei dintorni, però adoro i misteri. E poi è per una buona causa, giusto? Gli organizzatori mi hanno detto che il ricavato andrà in beneficenza.»

«Già, proprio così. Solo per questo mi hanno convinta a partecipare.» Lo osservo, cerco di capire cosa si nasconda dietro a quello sguardo sfrontato, senza riuscirci. Alla fine, scrollo le spalle. «Beh, allora buona fortuna!»

«Aspetta un attimo.» James mi blocca prima che mi allontani. «Mi sembra di aver capito che è consigliata la presenza di un partner. Perché non partecipiamo insieme? Potremmo esserci utili a

30

vicenda. Poi credo che tu abbia talento per queste cose.»

«Non penso proprio di avere tutto questo talento, mi dispiace» gli rispondo, incrociando le braccia.

«Oh, ma ce l'hai, invece. L'ho notato dal modo in cui organizzi il tuo negozio. Ogni oggetto sembra avere una storia segreta e tu sembri sapere bene come scoprirla.»

Rimango senza parole per un momento, sorpresa dalla sincerità e dalla spontaneità di ciò che James mi ha appena detto. Poi, con un sorriso, decido di accettare, di dargli una possibilità. Dopotutto, grazie al suo servizio fotografico per *"Lifestyle London"*, il mio negozio potrebbe ricevere un'ottima pubblicità e suscitare l'interesse di nuovi clienti.

«E va bene, ci sto! Ma se perdiamo, la colpa sarà tua.»

«Affare fatto!» James mi porge la mano. La stringo e annuisco, sentendo un leggero brivido quando le nostre dita e i nostri palmi si sfiorarono.

Con la lista degli indizi in mano, ci immergiamo a pieno ritmo nella caccia al tesoro. Gli indizi che ci hanno fornito sono poetici e pieni di giochi di parole, richiedono non solo conoscenza del quartiere ma anche un po' di immaginazione. Il primo oggetto ci conduce su una bancarella di libri usati, alla ricerca di un secondo indizio contenuto in

31

Canto di Natale, di Charles Dickens. Per il momento ce la stiamo cavando bene, a quanto pare.

«Sai, non mi aspettavo che fossi così competitivo» rivelo a James, mentre ci allontaniamo dalla bancarella con l'indizio successivo.

«Non mi piace perdere. Ma devo ammettere che avere te come partner rende tutto più divertente. Mi stimola a sorprenderti!»

Continuiamo a seguire gli indizi, raccogliendo decorazioni natalizie, una scatola di biscotti speziati e persino un buffo cappello da Babbo Natale. La competizione ci spinge a percorrere quasi tutti gli angoli del quartiere, dai vicoli più stretti alle bancarelle più affollate.

I gruppetti e le coppie di partecipanti si muovono con entusiasmo, cercando di decifrare gli ultimi indizi e aggiudicandosi i premi in palio. Io e James camminiamo fianco a fianco, con una sintonia che tra noi si è sviluppata quasi senza che ce ne accorgessimo.

L'ultimo indizio ci porta in un angolo meno frequentato, dove un piccolo parco pubblico è stato decorato con luminarie bianche e lanterne a forma di fiocco di neve. Al centro del parco si trova una grande fontana spenta, trasformata in un giardino invernale con rami di abete e decorazioni scintillanti. L'atmosfera è magica e il chiacchiericcio della folla quasi impercettibile in quel luogo isolato.

Stringo tra le mani la lista degli indizi, cercando di concentrarmi sull'indovinello che ho davanti per distogliermi da me stessa e dalle mie sensazioni.

«Allora, cosa dice esattamente l'indizio?» mi chiede James, inclinando la testa con un sorriso.

«*Trova la stella che brilla più luminosa, nascosta in un angolo dove il tempo si ferma.*» Leggo ad alta voce, aggrottando la fronte. «Potrebbe essere una decorazione particolare o qualcosa legato all'orologio della piazza, visto che si parla di tempo... Ma forse è un po' troppo scontato.»

James annuisce si guarda intorno con calma. «Oppure potrebbe essere una di quelle! Dobbiamo solo capire quale.»

Indica un albero vicino alla fontana. I rami sono decorati con piccole stelle luminose, ognuna con una scritta diversa. Ci avviciniamo per vedere meglio.

«Hai ragione!» esclamo, di fronte al ramo più basso. «L'abbiamo trovata! Mi sembra proprio questa la più luminosa. Siamo stati bravi, abbiamo finito.»

Una delle stelle più grandi porta inciso un nome: *Hope*. Speranza. La prendo tra le mani con delicatezza e sorrido, entusiasta.

Mi volto verso James, ma lui ora sembra distratto, con lo sguardo perso verso le luci che decorano il parco. Inclino la testa, ne approfitto per studiarlo. C'è qualcosa di diverso in lui in questo momento, un velo di malinconia che non ho mai notato prima.

«Tutto bene?» gli chiedo.

James sembra scuotersi dai suoi pensieri. Si gira verso di me con un sorriso appena accennato. «Sì, certo. Perché me lo chiedi?»

«Non lo so» gli rispondo, appoggiando la stella al ramo. «All'improvviso sei cambiato. Ti vedo pensieroso. Qualcosa a che fare con il Natale? O con questo posto nello specifico?»

Per un attimo, stranamente James sembra esitare. Poi sospira e scuote la testa, si allontana di qualche passo e va a sedersi su una delle panchine vicino alla fontana, infilando le mani nelle tasche del cappotto. «Hai ragione, lo ammetto. Non sono esattamente un grande fan del Natale, anche se sto cercando di impegnarmi e di mantenermi attivo per non pensare troppo.»

Il suo tono mescola amarezza e rassegnazione. Mi avvicino e mi siedo accanto a lui.

«Vuoi parlarne? Se vuoi, sono abbastanza brava ad ascoltare.»

James sembra esitare, poi alza lo sguardo verso le luci.

«Quando ero piccolo, il Natale era il mio periodo dell'anno preferito. Mio padre decorava sempre la casa con un'attenzione maniacale e mia madre preparava biscotti e dolci per giorni. Era tutto perfetto. O almeno così mi sembrava.»

Rimango in silenzio, ascoltando attentamente senza interrompere. C'è una vulnerabilità nella sua voce che non avevo percepito prima.

«Poi, quando avevo dieci anni, mio padre se n'è andato» continua James. «Non ci ha dato spiegazioni, non ha lasciato un biglietto. Nulla, è solo sparito. Una mattina di dicembre, semplicemente non c'era più. E da quel momento, il Natale è diventato un promemoria di ciò che avevo perso.»

Sento il cuore stringersi. «Mi dispiace, James. Dev'essere stato terribile.»

Non so che altro aggiungere, purtroppo. Vorrei trovare il modo di confortarlo, ma non so come fare. Non so nemmeno se sia possibile.

James scrolla le spalle, ma il suo sorriso è forzato. «Da allora è passato tanto tempo, ho visto tanti posti nel mondo grazie al mio lavoro, però ho sempre cercato di evitare tutto ciò che riguarda il Natale. Le luci, i regali, i pranzi in famiglia. Mi sembrano solo una recita, una finzione. Ma...» All'improvviso si interrompe, mi guarda negli occhi. «Non so perché ti sto raccontando tutto questo. Di solito non parlo di queste cose. E noi, tutto sommato, ci siamo appena incontrati.»

Gli restituisco lo sguardo, il mio cuore prende a battere un po' più forte. «Forse perché a volte parlare con un estraneo è più facile che parlarne con qualcuno che ti conosce bene. O forse... hai capito che non ti giudicherei, qualunque cosa tu mi dica.»

Il volto di James si apre in un sorriso, un sorriso vero questa volta. «Credo tu abbia ragione. Sei molto più saggia di quanto lasci intendere.»

«E tu sei meno cinico di quanto ti piaccia far credere» ribatto, con una smorfia, solo per alleggerire la tensione.

James annuisce ma non replica. Per un momento restiamo in silenzio, circondati dalle luci e dal suono distante di risate allegre. Poi mi sento in dovere di dire qualcosa, per tentare di sollevargli il morale.

«Sai, il Natale per me non è solo luci e regali. Sarebbe troppo deprimente, se si trattasse solo di quello. È anche l'occasione ideale per fermarsi un attimo e ricordare cosa conta davvero. Lo so che le situazioni non sono mai perfette, nemmeno la mia lo è, però possiamo sempre cercare di avvicinarci il più possibile.»

James mi guarda, come se stesse valutando le mie parole. Poi si alza di scatto, allungandomi una mano per aiutarmi a fare lo stesso. «D'accordo, ci penserò. Ma per ora, abbiamo una caccia al tesoro da portare a termine, giusto?»

Annuisco e sorrido, accogliendo il suo aiuto e stringendo la sua mano. «Giusto! E non pensare che ti lascerò prendere tutto il merito.»

«Non oserei mai!»

Mentre ci allontaniamo dalla fontana, sento che qualcosa tra di noi è cambiato o sta cambiando. James non è solo il fotografo invadente che si è intrufolato nel mio negozio con la scusa di un servizio sui negozi vintage. È una persona complessa, con un passato difficile e doloroso, una profondità che, inevitabilmente, riesco a intravedere e mi affascina sempre di più. Così, anche se non vorrei ammetterlo, inizio a sentire che sotto quel cinismo si nasconde qualcuno di cui potrebbe davvero importarmi.

Le luci del parco scintillano sopra di noi mentre ci immergiamo nuovamente nella folla, pronti per affrontare l'ultimo tratto della caccia al tesoro. Quando ormai il tempo sta per scadere, io e James ci ritroviamo, come ultima tappa, sotto il grande albero di Natale nella piazza. Lì, con un senso di trionfo, consegniamo a Mrs. Evans e a Mr. Wilkinson la nostra lista completa.

«Devo riconoscere che sei stata un'ottima partner» ammette James, con un sorriso provocante, strizzandomi l'occhio.

«E tu sei stato… appena sopportabile, diciamo» rispondo in tono scherzoso, cercando di non tradire le altre emozioni che quest'uomo sta iniziando a suscitare in me. «Comunque, mi sono divertita, lo ammetto. Forse il Natale quest'anno mi riserverà qualche sorpresa inaspettata.»

CAPITOLO 5

La nuova giornata è iniziata con una calma quasi irreale. Il cielo su Londra è di colore grigio perlaceo e la città sembra avvolta in una morbida e soffice coperta. Mi ritrovo, come sempre, nel mio negozio, intenta a sistemare un vecchio carillon che ha bisogno di qualche attenzione e di cura in più. La musica di sottofondo della radio suona una compilation di canzoni natalizie, riempiendo l'aria con un'atmosfera rassicurante. Fuori, i passanti si affrettano con le borse dello shopping, le guance arrossate dal freddo e il fiato che si condensa nell'aria.

Il "Daisy's Retro Dreams" è decorato con ghirlande e lucine che sono riuscita finalmente a sistemare nei giorni precedenti, grazie all'aiuto provvidenziale di Mr. Wilkinson. Sono convinta che ogni oggetto sugli scaffali racconti una storia: tazze di porcellana dagli anni Cinquanta, gioielli art déco, libri antichi con le pagine ingiallite dal tempo. Per me questo piccolo mondo è il mio rifugio, il luogo dove posso sognare e sentirmi utile.

Mentre sono persa ad ammirare il mio piccolo mondo perfetto, il campanello della porta tintinna. Sollevo lo sguardo, aspettandomi un cliente qualsiasi e preparandomi ad accoglierlo, ma mi trovo davanti a un volto fin troppo familiare.

Edward rimane fermo sull'uscio, elegante e impeccabile come sempre. Indossa una sciarpa di cachemire blu scuro che sembra perfettamente intonata ai suoi occhi. I capelli castano scuro sono pettinati all'indietro con cura e il suo sorriso sicuro sembra studiato per affascinare chiunque abbia di fronte al momento. Me, in questo caso. Vorrei evitarlo, con tutte le mie forze, ma sento un tuffo al cuore. Però costringo me stessa a mantenere la calma.

«Edward» pronuncio il suo nome con un tono neutro, cercando di nascondere la sorpresa. «Cosa ci fai qui?»

«Ciao, Daisy» risponde lui, entrando e richiudendo la porta dietro di sé. «Passavo da queste parti e ho pensato di fermarmi. Il tuo negozio sembra molto accogliente, più di quanto ricordassi.»

Sospiro e incrocio le braccia, alzando un sopracciglio. «Davvero? Grazie del complimento, ma... perché ho il sospetto che non sia solo una visita casuale?»

Edward ridacchia ma produce comunque un suono basso e controllato, poco spontaneo. «Hai ragione, come sempre. E mi conosci bene. In realtà volevo parlarti.»

Fa un passo avanti e tira fuori da una borsa di carta un pacchetto elegantemente incartato. Me lo porge e resta in attesa.

«Che cos'è?» gli chiedo.

«Un pensiero per te. Aprilo.» Il suo tono è morbido ma con quella nota di sicurezza che ricordo fin troppo bene.

Esito per un istante, ma alla fine afferro il pacchetto, sciolgo il nastro e lo scarto. Dentro trovo un piccolo quadro incorniciato, la stampa vintage di una tenera scena natalizia. Edward conosce bene i miei gusti. In effetti, è molto bello, ma c'è qualcosa di troppo perfetto, troppo calcolato nel suo gesto.

«È molto carino» annuisco, posandolo sul bancone. «Grazie. Ma perché?»

Edward si appoggia con entrambe le braccia al bancone, protendendosi verso di me e guardandomi con un'espressione affettuosa. «Ho pensato molto a noi, ultimamente. A come sono andate le cose. E credo di aver commesso un errore.»

Sento un groppo in gola, pronto a esplodere. Non sono emotivamente preparata a questa conversazione, non ora, non così.

«Edward...» Provo a replicare, ma lui mi ferma.

«Lasciami finire» mi interrompe, con il suo tono più deciso. «So che quando ci siamo lasciati, ti ho fatta sentire come se non fossi abbastanza. Ma non è vero. Tu sei incredibile, Daisy. E io sono stato uno stupido a non vedere quanto sei speciale.»

Mi sento sopraffatta. Una parte di me vorrebbe credere alle sue parole, aggrapparsi al conforto di un rapporto che si è protratto per ben tre anni, anche se tra alti e bassi. Ma c'è un'altra parte di me, più razionale, che ricorda perfettamente come Edward mi ha fatta sentire: piccola e insignificante, come se i miei sogni e le mie passioni fossero meno importanti delle sue ambizioni.

«E quindi, cosa pensi che dovremmo fare, Edward? Fingere che nulla sia successo? Ricominciare da capo?» gli chiedo, con la voce incrinata da un misto di rabbia e confusione.

«Potremmo provarci» mi risponde lui, riservandomi il suo sguardo intenso e affascinante. «Intanto stasera potremmo andare a cena, parlarne. Voglio solo un'altra possibilità.»

Mi sento disarmata. Non so cosa rispondere. Sono lusingata, certo, ma anche piena di dubbi. «Ecco, io...»

Proprio nel momento in cui sto per rispondere e forse anche cedere le armi, il campanello della porta suona di nuovo e Lisa fa il suo ingresso nel mio negozio richiamandomi alla realtà.

Con i suoi capelli neri lucenti e il rossetto che le delinea perfettamente le labbra, si ferma sulla soglia con un piccolo vassoio contenente due caffè, osservando la scena. I suoi occhi si posano su Edward e poi su di me, captando immediatamente la tensione nell'aria.

«Edward» lo saluta con un sorriso fintissimo accompagnato da uno sguardo assassino. «Ma che sorpresa vederti qui. Che cosa ti porta al "Daisy's Retro Dreams"?»

Edward sembra a disagio ma è visibilmente infastidito dall'arrivo inopportuno della mia amica. «Ciao, Lisa. Stavo solo facendo visita a Daisy.»

Lisa annuisce, poi gira dietro al bancone, mi si avvicina, mi porge uno dei caffè e mi posa una mano sulla spalla. «Posso parlarti un secondo, in privato?» Il suo tono è dolce ma fermo, determinato. «Scusaci, Edward, te la rubo solo un attimo. Discorsi da donne che ti annoierebbero... a morte!»

Annuisco, lanciando uno sguardo a Edward. «Aspettami, per favore.»

Lisa mi trascina sul retro del negozio, fuori dalla portata d'orecchio di Edward.

«Cosa diavolo sta succedendo? Dimmi che non stai considerando di accettare le sue scuse e tornare con lui» bofonchia, fissandomi negli occhi. «Per favore, Daisy!»

«Non lo so nemmeno io» ammetto, passandomi una mano tra i capelli e sorseggiando il caffè che la mia amica mi ha gentilmente offerto. «Sono confusa, Lisa. Lui dice di volere un'altra possibilità e io credo…»

Lisa sbuffa. «Daisy, ricordi come ti faceva sentire quello stronzo? Ricordi tutte le volte che hai messo da parte i tuoi sogni per compiacerlo? Ricordi quanto ti ha fatta piangere? E ora si presenta qui, durante il periodo più vulnerabile dell'anno, a riempirti la testa di chissà quali storie! Caso vuole, proprio quando un altro uomo attraente ti sta girando intorno! L'ho notato, alla festa. Quando ti ha vista con James si è innervosito e non ti ha più staccato gli occhi di dosso. Fai un favore a te stessa, non lasciarti incantare. Non hai bisogno di lui.»

Abbasso lo sguardo, combattuta. So che Lisa ha ragione, ne abbiamo parlato più volte e ci siamo promesse a vicenda di stare in guardia, l'una per l'altra, di fronte a uomini come Edward Robinson. Ma parte di me non può fare a meno di chiedersi se Edward sia davvero cambiato.

Torno da lui, con il cuore pesante. Edward mi rivolge il suo sguardo ammaliante e io prendo un respiro profondo, prima di parlare.

«Apprezzo quello che mi hai detto, Edward, davvero. Ma non so se possiamo tornare indietro. Così, come se nulla fosse accaduto. Mi sento ancora ferita, ho bisogno di tempo per capire cosa voglio veramente.»

Edward sembra deluso, amareggiato, ma si riprende in fretta mascherando abilmente la sua frustrazione. «Capisco. Prenditi tutto il tempo di cui hai bisogno, Daisy. Ma io non smetterò di sperare. So che noi due insieme possiamo realizzare grandi cose.»

Quando se ne va mi sento esausta, come se avessi corso una maratona emotiva e fossi rimasta senza fiato. Lisa mi si avvicina, circondandomi le spalle con un braccio.

«Hai fatto la scelta giusta, Daisy. E fidati di me, il futuro ha qualcosa di molto meglio in serbo per te. Io ne sono convinta.»

Annuisco e sospiro, guardando la stampa di Edward che è rimasta sul bancone. È molto bella, questo è vero, ma di certo non è abbastanza per riparare tutto ciò che si è rotto tra noi. Tutto ciò che lui ha voluto spezzare, insieme al mio cuore.

CAPITOLO 6

Le luci del mercatino di Natale scintillano come diamanti sotto il cielo stellato. Le bancarelle si snodano lungo la piazza, traboccanti di oggetti artigianali, candele profumate, calze ricamate a mano e decorazioni natalizie. L'aria è satura di aromi irresistibili: zucchero filato, castagne arrostite e cioccolata calda. La folla si muove tra le bancarelle con un'energia contagiosa e i suoni delle risate, della musica dal vivo e delle chiacchiere creano un sottofondo vivace.

Dopo aver chiuso il mio negozio, cammino lentamente, assaporando l'atmosfera magica della serata. Nonostante il trambusto intorno a me e l'inaspettata visita di Edward, ora mi sento stranamente in pace. Sono contenta di come gli ho risposto, grazie al provvidenziale intervento di Lisa, ma ho comunque deciso di concedermi una pausa, ancora incerta su come gestire la situazione. Il mercatino è il mio posto preferito in questo periodo dell'anno, un rifugio dove posso lasciarmi travolgere dal calore delle festività.

Mentre passo accanto a una bancarella di cioccolata calda, un bambino con un cappello a forma di renna inciampa proprio davanti a me. Istintivamente mi chino per aiutarlo, prima che cada a terra e si faccia male.

«Stai bene, piccolo?» gli chiedo accarezzandogli con delicatezza il ciuffo di capelli biondi che sporge dal suo stravagante cappello.

Il bambino annuisce timidamente, guardandomi con i suoi occhioni spalancati. Poi si mette a ridere quando gli faccio una smorfia buffa per sdrammatizzare. La madre arriva di corsa, ringraziandomi con un sorriso caloroso prima di allontanarsi tenendolo per mano.

È proprio in questo momento che avverto una strana sensazione, come se qualcuno mi stesse osservando. Mi sollevo e mi guardo intorno, ma non mi sembra di notare nessuno di familiare tra la folla.

Poi lo vedo, a qualche metro di distanza. Anzi, riconosco all'istante la sua macchina fotografica appoggiata davanti al viso, pronto a immortalare il momento. Abbassa lentamente la macchina, catturando il mio sguardo un po' sdegnato.

«Fotografi sempre le persone di nascosto?» gli chiedo, avvicinandomi a lui con un sopracciglio alzato e un sorriso che non riesco a trattenere.

James, con il suo solito cappotto e la sciarpa avvolta con noncuranza, solleva le mani in un gesto

47

di finta resa. «Solo quando vedo qualcosa di veramente bello. Non potevo lasciarmelo sfuggire.»

Scuoto la testa, ma non riesco a impedirmi di sorridere. «Non so se considerarlo un complimento o una scusa poco convincente. Devo ancora decidere.»

«Può essere entrambe le cose» mi risponde, accennando uno di quei sorrisi enigmatici che sembrano fatti apposta per mettermi in difficoltà e scombussolarmi i sensi.

Ci incamminiamo insieme, lasciandoci trasportare dall'energia del mercatino. Mi accorgo di sentirmi a mio agio accanto a lui, forse più di quanto sia disposta ad ammettere. Mentre passiamo accanto a una bancarella di gioielli artigianali, James si ferma e indica un paio di orecchini a forma di coccinella.

«Ti starebbero bene» afferma con nonchalance, ma con un lampo di sincerità nello sguardo e sgranando leggermente gli occhi scuri. «E poi dicono che la coccinella porti fortuna.»

«Secondo te dovrei lasciarmi tentare?»

«Io dico di sì, anzi...» Fa un cenno alla proprietaria della bancarella e in un attimo mi ritrovo con il cofanetto in mano.

«Non avresti dovuto.» Sorrido e decido di scartare il piccolo involucro, per indossarli subito. Mi posiziono di fronte allo specchio che la signora della bancherella mi porge gentilmente. «Avevi ragione, sono deliziosi. Grazie, James!»

«Così ricambio le fotografie che ti ho rubato!» Mi strizza l'occhio. «Ora siamo pari.»

Continuiamo a passeggiare e a chiacchierare, fermandoci di tanto in tanto per guardare le bancarelle o assaggiare qualche dolcetto natalizio che ci viene offerto. James sembra più rilassato rispetto alla volta precedente, ma noto una certa cupa profondità nei suoi occhi. Come se, anche in mezzo a quella gioia natalizia, ci sia ancora qualcosa che lo trattiene.

Ci fermiamo di fronte a una bancarella di cioccolata calda. James ne ordina due bicchieri e me ne porge uno.

«A cosa brindiamo?» mi chiede.

Ci penso un attimo. «Alla magia del Natale. E… agli incontri inaspettati.»

James sorride e annuisce, ho la sensazione che il suo sguardo intenso si fermi e si trattenga nel mio. «Alla magia del Natale, allora. Anche se non sono ancora convinto che esista davvero. Gli incontri inaspettati, invece, possono davvero portare a qualcosa di buono.»

«Forse devi solo lasciarti sorprendere» ribatto decisa, sfidando il suo sguardo. «Io nella magia del Natale credo ancora.»

Mentre brindiamo con la cioccolata, mi rendo conto che sta nascendo qualcosa tra di noi. Questo mi provoca una sorta di tensione, ma non è una sensazione imbarazzante o fastidiosa. È come se ogni parola, ogni sguardo, avvicinasse i nostri mondi un po' di più. Sento il cuore battere forte, ma non si tratta di disagio. È qualcosa che definirei piuttosto in modo completamente diverso e che si avvicina alla speranza. Come la stella più luminosa nella nostra caccia al tesoro.

Quando la folla inizia a diradarsi e le luci sembrano ancora più luminose contro il cielo scuro, ci avviamo verso l'uscita del mercatino, dirigendoci verso la piazza. Una volta raggiunta, mi fermo e mi volto verso di lui.

«Grazie per gli orecchini e per la cioccolata.»

James inclina la testa, il suo sorriso è di nuovo sottile e un po' enigmatico. «Grazie a te per l'ottima compagnia e per le foto rubate.»

Scoppio in una risata leggera e scuoto leggermente la testa. Di fronte alla fermata della metropolitana ci salutiamo, dirigendoci ognuno per la propria strada. Io verso Islington e lui a South Kensington, dove mi ha raccontato di aver affittato il suo appartamento.

Vorrei chiedergli di più. Se lo rivedrò e quando. Se passerà ancora dal mio negozio o sparirà nel nulla, dopo questa serata. Ma non voglio e non posso sentirmi così fragile, così esposta. Lascerò fare al destino, per una volta. Però, tornando a casa, non posso fare a meno di pensare che questa serata per me è stata molto più di un incontro casuale. È stata una piccola scintilla di vita in un periodo che credevo ormai spento. E, forse, quello stravagante fotografo di nome James Scott è una parte fondamentale di quella scintilla.

CAPITOLO 7

La neve ha iniziato a cadere all'improvviso, coprendo le strade di Londra con un manto bianco e soffice. I fiocchi danzano nell'aria, illuminati dai lampioni, creando un'atmosfera da fiaba. Io rimango incantata da tanto splendore e osservo tutto dalla vetrina del mio negozio, come se assistessi alla scena di un film. Intanto i passanti si affrettano, stringendosi nei cappotti, e il suono ovattato della città coperta di neve diventa stranamente confortante.

L'interno del mio negozio è per me il rifugio più accogliente, soprattutto con questo tempo. Le pareti sono coperte di scaffali ricolmi di oggetti vintage: vecchi orologi da tasca, porcellane decorate, dischi in vinile e libri dai titoli ormai dimenticati. Ho posizionato un alberello di Natale accanto al bancone, decorato con ornamenti antichi che ho trovato nei miei vari giri tra i mercatini. L'odore di cera d'api e legno antico profuma l'aria e una piccola stufa elettrica emette un calore tenue.

Mi rendo conto che si avvicina l'ora di chiudere il negozio e mi sistemo la sciarpa attorno al collo pronta a salutare il mio piccolo mondo, almeno fino a domani. Anche se, osservando più attentamente l'esterno, temo che la neve mi costringerà a trattenermi qui a tempo indeterminato. Non mi dispiace, troverò sicuramente qualcosa da fare per intrattenermi.

Mentre sono persa nei miei pensieri, il campanello della porta suona, annunciandomi l'ingresso di qualcuno, forse un cliente ritardatario. Quando mi volto, trovo James sulla soglia, con i capelli scuri spettinati e il cappotto coperto di fiocchi di neve. La sua macchina fotografica pende da una tracolla e il suo sorriso ironico è rimasto intatto nonostante il freddo.

«La neve ti ha intrappolato in questa zona?» Gli chiedo, avvicinandomi alla porta per chiudere il negozio.

«Più o meno» risponde James, togliendosi la sciarpa. «Sono passato per un'ultima foto al quartiere sotto la neve e ho pensato di rifugiarmi qui. Diciamo che sono rimasto bloccato, anche se volontariamente.»

Sorrido e annuisco. Non posso negare, almeno con me stessa, che mi faccia piacere che abbia scelto proprio il mio negozio come rifugio.

«Benvenuto nel mio regno. Ti avverto, però, che potremmo rimanere bloccati qui per un po'. Le previsioni dicono che la nevicata peggiorerà. Spero che si sbaglino.»

James inarca un sopracciglio, fingendo preoccupazione. «Bloccato in un negozio vintage pieno di oggetti curiosi e con un'ottima compagnia? Sembra un incubo!»

«Fai attenzione, potrebbe esserlo davvero!» Scuoto la testa ridendo. «Ti preparo qualcosa di caldo. Abbiamo cioccolata, caffè, tè e qualche dolce di Mrs. Evans nella piccola cucina sul retro.»

Qualche minuto dopo, ci ritroviamo seduti sul divanetto accanto alla piccola stufa, ognuno con una tazza fumante in mano. James si è sfilato il cappotto, ha posato la macchina fotografica sul tavolino di fronte e i suoi occhi vagano per il negozio, osservando ogni dettaglio con un'espressione curiosa.

«Questo posto ti rispecchia» dichiara infine, rompendo il silenzio. «Non avevo notato tutti questi dettagli, la prima volta che sono stato qui per il servizio fotografico. Dovrò rimediare e proporre a Mark un articolo molto più completo sul "Daisy's Retro Dream". Il negozio merita di essere ancora più conosciuto e apprezzato, possiede tutti i requisiti per diventare una tappa fondamentale per chi visita il quartiere.»

«Grazie davvero, James.» Lo ringrazio, poi lo guardo sorpresa. «Mi rispecchia, dici? In che senso?»

«È accogliente, ma conserva un velo di mistero. Ogni angolo racconta una storia, ma ti sfida a volerla scoprire.»

Sento all'improvviso un leggero calore salirmi alle guance. «Non so se prenderlo come un complimento o come un modo elegante per dire che sono antica e complicata.»

James ride piano. «Direi un po' entrambe le cose. Antica non direi, però essere complicata non è necessariamente un difetto. Quindi alla fine sì, è stato un complimento da parte mia.»

Ci guardiamo per un momento, il silenzio tra noi è riempito solo dalla leggera musica di sottofondo e dal suono ovattato della neve contro i vetri. Mi sto accorgendo sempre più di quanto mi sento a mio agio con lui, di come la sua presenza sembri sempre più naturale all'interno del mio ambiente, come se fosse parte di questo luogo.

«E tu?» gli chiedo infine, decisa a indagare un po' di più su di lui. «Hai sempre avuto questa passione per la fotografia?»

James si appoggia allo schienale del divano, il suo sorriso si spegne. «No, non sempre. In realtà ho iniziato dopo il liceo a considerarla una vera e propria passione. È diventato il mio modo per catturare i momenti, credo. Come se temessi di perderli. Anche adesso è così. Per non lasciare che le cose passino senza un segno tangibile del loro passaggio.»

Annuisco, intuendo che c'è molto di più dietro a quelle parole. La sparizione improvvisa di suo padre, il suo passato, i suoi viaggi intorno al mondo, la sua ricerca continua di qualcosa di inafferrabile da intrappolare con il suo obbiettivo.

«E funziona? Riesci a catturare tutto quello che vuoi conservare?»

James scuote la testa, sorridendo amaramente. «No, purtroppo, non ci sono mai riuscito davvero. Ma a volte, se sei fortunato, riesci a catturare abbastanza, qualcosa da conservare e trattenere nel cuore.»

Mentre la conversazione si fa più intima e personale tra noi, io mi sento sempre più attratta da James, dal modo in cui è in grado di essere allo stesso tempo sarcastico e profondamente sincero. Non sono abituata a qualcuno come lui, non lo sono mai stata. La nostra vicinanza e familiarità sembra crescere ogni minuto di più e il negozio, con le sue luci calde e l'atmosfera accogliente, sembra isolare questo nostro momento perfetto dal resto del mondo.

Quando James si sporge leggermente verso di me, con i suoi occhi scuri fissi nei miei, so esattamente cosa aspettarmi e cosa voglio da lui. Ma è un momento fragile, sospeso, come il primo fiocco di neve che cade. Socchiudo gli occhi, mentre le labbra di James si avvicinano alle mie, sempre di più, sempre di più.

Percepisco già il suo respiro, il suo sapore, quando il mio telefono, posizionato sul tavolino di fronte a noi, spezza completamente l'incanto con il suo suono invadente che, nel silenzio ovattato del momento, appare come un frastuono.

Mi volto di scatto, la magia dell'istante perfetto è spezzata, e vedo il nome e la foto di Edward illuminare lo schermo. Un misto di emozioni mi attraversa il cuore, come una fitta devastante: confusione, frustrazione, senso di colpa. James si stacca completamente da me, il suo sguardo ora è diventato più chiuso, distaccato.

«Non rispondi?» mi chiede, con un tono neutro che assume però una sfumatura indecifrabile. Ha visto anche lui, è evidente. «Potrebbe essere importante.»

Esito per un attimo, poi scuoto la testa. «No, non ora.» Intanto premo il pulsante per silenziare il telefono.

Vorrei tornare indietro nel tempo, vorrei recuperare, ma l'atmosfera è cambiata, si è trasformata in disagio. James si alza, indossa il suo cappotto e afferra la macchina fotografica.

«Forse è il caso che io vada. La neve si sta calmando.»

«Non devi andare, io...» Vorrei trattenerlo, ma non voglio sembrare troppo disperata e nemmeno troppo invadente. Lancio un'occhiata furtiva fuori dalla vetrina. «Sì, certo. Mi sembra che abbia quasi smesso.»

James annuisce e sorride brevemente, ma senza la sua solita, affascinante ironia.

«Ci vediamo presto, Daisy.»

E così se ne va, lasciandomi sola nel mio negozio, circondata da oggetti che raccontano storie di altri tempi ma con un nodo in gola che mi stringe sempre più e che non riesco a sciogliere.

Perché l'ho lasciato andare?

Perché non l'ho fermato?

CAPITOLO 8

Il mattino seguente mi ritrovo nel mio negozio, immersa in pensieri contrastanti. Ieri sera mi ha lasciato un senso di irrisolto, una combinazione di calore e dubbio che continua a rimbombarmi in testa, nonostante l'attività del negozio sia piuttosto frenetica in questi giorni che precedono il Natale. Non sono quasi riuscita a dormire e mi sono rigirata nel letto tutta la notte. L'interruzione improvvisa della chiamata di Edward e la decisione di James di andarsene mi hanno lasciato una sensazione di vuoto, come se qualcosa di importante fosse rimasto in sospeso.

Il suono del campanello alla porta mi distoglie dai miei pensieri. Mi volto e vedo Mrs. Evans entrare, avvolta nel suo cappotto di lana color smeraldo e con un cappello che le dona un'aria elegantemente eccentrica.

«Buongiorno, cara» mi saluta, con il suo solito sorriso rassicurante. «Hai un momento per bere qualcosa con una vecchia signora?»

«Sempre per lei, Mrs. Evans» le rispondo, facendo strada verso il divanetto. «Cioccolata, caffè o tè?» le chiedo, accennando al bollitore sul bancone del retro.

«Un tè andrà benissimo, grazie. E aggiungi un po' di miele, se ne hai.»

Preparo due tazze di tè e mi siedo accanto a Mrs. Evans, che mi osserva con occhi attenti e penetranti. Ho sempre notato qualcosa di straordinario in questa donna, un misto di saggezza e dolcezza che mi fa sentire a mio agio ma al tempo stesso mi spinge a riflettere su me stessa.

«Hai l'aria di chi ha bisogno di parlare» mi dice Mrs. Evans, portando la tazza alle labbra. «Che cosa ti preoccupa?»

Esito per un momento, poi mi arrendo. Qui a Londra Mrs. Evans è stata per me una guida discreta ma presente, non ha mai cercato di imporre le sue opinioni ma riesce sempre a far emergere la verità con poche parole.

«È complicato» cerco di spiegare, per quanto possibile. «C'è... qualcuno. Due persone, in realtà, completamente diverse tra loro. Una fa parte del mio passato, l'altra... del mio presente, credo. E io mi sento come se fossi bloccata tra le due cose, incapace di capire cosa voglio davvero. Il passato mi rassicura, da un certo punto di vista, ma il presente... ecco, il presente potrebbe rivelarsi un'avventura meravigliosa, entusiasmante.»

Mrs. Evans annuisce lentamente, come se avesse già previsto la risposta.

«È una situazione comune, Daisy. A volte ci aggrappiamo al passato proprio perché è familiare, anche se sappiamo che non è ciò che ci rende felici e ci ha già ferito profondamente. E a volte temiamo di abbracciare il presente e il futuro perché sono incerti. Ma ti dirò una cosa: non temere i cambiamenti. È l'unica costante che abbiamo, in questa vita.»

Sollevo lo sguardo, sorpresa. «I cambiamenti però mi spaventano. Mi sento come se stessi rischiando tutto.»

«E non è questo il bello della vita?» ribatte subito Mrs. Evans, con un sorriso gentile. «Se non rischi nulla, non ottieni nulla. E tu, Daisy, meriti di essere felice. Devi solo capire dove si trova questa felicità.»

Dopo che Mrs. Evans se n'è andata mi rimetto all'opera, in negozio. Nuovi clienti si stanno rivolgendo al "Daisy's Retro Dreams" per i loro regali di Natale e credo che l'intervento di James su *"Lifestyle London"* sia stato fondamentale. A pochi minuti dalla chiusura, il campanello della porta suona di nuovo segnalando l'ingresso di una delle due persone che stanno percorrendo da giorni i miei pensieri. È James, con il suo solito cappotto lungo e un sorriso leggermente colpevole. Porta con sé una cartelletta nera, in apparenza piuttosto pesante.

«Mi dispiace per come me ne sono andato ieri sera.»

«Non ti preoccupare.» Gli sorrido cercando di mostrarmi disinvolta, anche se il cuore prende a martellarmi nel petto, in modo del tutto incontrollato.

«Posso disturbarti un momento?» mi chiede, appoggiando la cartelletta sul bancone.

«Sei sempre il benvenuto» gli rispondo, cercando di ignorare il battito accelerato del cuore. «Cos'hai lì dentro? Qualche sorpresa?»

James apre la cartelletta, rivelando una serie di fotografie. «Sto preparando un portfolio per una mostra, e ho bisogno di un secondo parere, oltre a quello del mio editore. Non che non mi fidi di Mark, però vorrei un parere meno professionale e più umano, diciamo. Ho pensato che tu, con il tuo occhio per i dettagli, potresti aiutarmi.»

«Certo, io non sono un'esperta, ma farò del mio meglio.»

Quando James si decide ad aprire la cartelletta, guardo le foto, rimanendo senza parole. Ci sono scatti che raccontano storie di una bellezza struggente: un vecchio uomo seduto su una panchina con un sorriso malinconico, un gruppo di bambini che giocano sotto la pioggia, un'anziana coppia che si tiene per mano davanti a un tramonto, un ragazzo che fissa il cielo con espressione sognante. Ogni immagine è intrisa di un'intensità tale che sembra catturare l'anima del soggetto.

«James...» Sono talmente colpita che la mia voce è incrinata, ridotta a un sussurro. «Queste fotografie sono incredibili. Non avevo idea che il tuo lavoro fosse così... così personale, così intimo.»

Lui abbassa lo sguardo, imbarazzato, e si passa una mano tra i capelli folti.

«Cerco di non mostrarlo troppo. Ma credo che sia arrivato il momento di far vedere al mondo un lato diverso di me. Anzi, no... la verità è che ci sto ancora pensando. Per questo ho chiesto anche la tua opinione. Da tempo vorrei esporre queste fotografie, ma davvero non sono mai riuscito a trovare il coraggio. È come se temessi di non essere capito, di venire frainteso. Per questo forse avevo bisogno di un piccolo incoraggiamento.»

Annuisco e continuo a sfogliare le foto finché ne trovo una che mi colpisce in modo particolare. È lo scatto di un campo innevato, con una singola impronta che si allontana verso l'orizzonte.

«Questa... questa è diversa! Sembra quasi che racconti una storia di solitudine, ma anche di speranza. È meravigliosa.»

James annuisce. «L'ho scattata lo scorso inverno, durante una mia permanenza in Scozia, dove ora vivono mia madre e il resto della mia famiglia. Per me però rappresenta il viaggio, il lasciarci il passato alle spalle per cercare sempre qualcosa di nuovo. Credo che tutti, in un certo senso, siamo alla ricerca di qualcosa.»

«È proprio vero... anche se non ho viaggiato quanto te, è successo anche a me quando ho deciso di lasciare il mio paese in Cornovaglia per trasferirmi qui a Londra e aprire il mio negozio. Comunque... le tue fotografie sono davvero stupende!»

«Puoi tenerle, se vuoi guardarle ancora. Queste sono una copia.»

Mi rendo conto, sempre di più, che James è molto più intenso e complesso di quanto avessi immaginato inizialmente. Non è solo il fotografo attraente e cinico che si diverte a prendermi in giro. È un uomo con un passato, con emozioni profonde che nasconde dietro a quel sorriso ironico.

Quando se ne va, lasciandomi la copia del suo portfolio perché lo studi ulteriormente, io rimango sola, a riflettere. Le parole di Mrs. Evans, intanto, continuano a risuonarmi in testa, come un mantra: *Non temere i cambiamenti.*

Forse è davvero arrivato il momento di smettere di cercare di controllare tutto e lasciarmi guidare dal cuore.

Ma la domanda, dentro di me, rimane sempre la stessa: dove mi sta portando questo cuore?

CAPITOLO 9

Mi sono decisa ad accettare l'invito di Edward con una sensazione di inevitabile rassegnazione. Dopo aver riflettuto a fondo, sento la necessità di chiudere quel capitolo della mia vita, ma per farlo ho bisogno di risposte immediate. Ho passato giorni a tormentarmi, ripensando a tutto ciò che c'è stato tra noi, e alla fine mi sono convinta che un confronto definitivo è necessario perché io possa guardare avanti. So che non ci riuscirei, non davvero, finché non affronterò i fantasmi del mio passato. E il mio ex è sicuramente il più ingombrante.

Edward mi ha proposto di cenare in un ristorante esclusivo del centro, uno di quei posti che lui frequenta abitualmente, con tovaglie di lino bianco, posate d'argento e un menù senza prezzi stampati. Ho accettato rifiutando che mi venisse a prendere e dicendogli che lo avrei raggiunto lì, ma mi sento già fuori posto appena oltrepassata la soglia. Indosso un semplice abito nero, una sciarpa turchese e un cappotto lungo che mi accarezza i fianchi, ma l'eleganza del luogo sembra richiedere qualcosa di più elaborato e appariscente. Trovo Edward, invece, perfettamente a suo agio, seduto al tavolo con un bicchiere di vino già in mano. Indossa un completo grigio scuro su misura, con una cravatta sottile e un orologio costoso che sembra gridare il suo successo.

«Daisy, sei splendida» mi accoglie, alzandosi per salutarmi con un bacio sulla guancia. «Spero che il posto sia di tuo gradimento.»

Annuisco e sorrido debolmente. «È molto bello. Grazie per avermi invitata.»

Ci sediamo al tavolo ed Edward inizia subito a parlare. Mi racconta del suo lavoro in banca, di una recente promozione, dei nuovi progetti che sta portando avanti, uno dopo l'altro. Utilizza parole come "responsabilità", "strategia", "impegno", "competizione", con un tono che trovo pretenzioso, come se stesse cercando di impressionarmi, di manipolarmi in qualche modo. Annuisco educatamente e rispondo a monosillabi, ma non posso fare a meno di notare come il discorso ruoti interamente attorno a lui. Com'è sempre stato, del resto.

A un certo punto, mentre stiamo gustando la pasta al salmone, capisco di averne abbastanza e mi decido a reagire, provando a spostare la conversazione su un livello più personale.

«Edward, ti sei mai chiesto cosa non abbia funzionato tra noi?» chiedo determinata, guardandolo negli occhi.

Edward appoggia il bicchiere di vino e il suo sguardo si acciglia. Forse non si aspettava una domanda così diretta, da me.

«Non credo che sia stato un problema specifico. Ci siamo ritrovati semplicemente su due percorsi diversi. Io avevo bisogno di concentrami sulla mia carriera, e tu... beh, tu avevi il tuo negozio e i tuoi hobby così... particolari.»

Sento una fitta di irritazione, potente, al centro del petto.

«Il mio negozio non è solo un hobby, Edward. È il mio lavoro, la mia passione. A volte le due cose possono anche coincidere, se non lo sai.»

Lui mi sorride compiacente, come se intendesse calmarmi. Intanto io inizio a tollerare sempre meno la sua condiscendenza nei miei confronti. Mi tratta come una bambina e io, ora più che mai, mi rendo conto di non aver mai sopportato questo suo atteggiamento nei miei confronti. Come se il suo fine ultimo fosse quello di distogliermi dai miei veri interessi per guidarmi verso una strada che non è la mia ma che potrebbe coincidere, molto convenientemente per lui, con la sua.

«Certo, lo so, Daisy. Ma capisci cosa intendo, vero? Io avevo bisogno di una compagna che potesse seguirmi e sostenermi nei miei impegni, partecipare con me agli eventi aziendali, costruire una rete di contatti per arrivare sempre più in alto, nel mio lavoro, alla dirigenza. Così avrei potuto…»

Ecco, appunto!

Sollevo leggermente la mano e lo interrompo, con la voce più ferma del previsto. «Quindi quello che volevi non era me. Volevi qualcuno che si adattasse alla tua vita, alle tue esigenze.»

«Non è ciò che intendevo.» Edward sembra sorpreso dalla mia reazione. Non solo, sembra anche infastidito. «Ma io penso che ci siano delle aspettative, in una relazione. E forse le nostre erano diverse.»

Annuisco e sospiro, in un certo senso mi rendo conto che ha ragione, almeno dal suo punto di vista. Però intanto sento crescere dentro di me una certezza: Edward non è cambiato. Non cambierà mai. È ancora l'uomo che mette le sue ambizioni e il suo ego al primo posto, lasciando poco spazio per altro. Facendomi scomparire, al suo fianco. Ogni parola che pronuncia mi è sempre sembrata priva di autenticità, un esercizio di controllo e diplomazia piuttosto che una vera apertura.

Quando arriviamo al dessert, mi sento stanca di girarci intorno e vorrei portare questa storia a una degna conclusione. Per riuscire ad andare finalmente oltre.

«Edward, perché in questi giorni hai insistito tanto per invitarmi a cena, per rivedermi? Cosa stai cercando da me?»

Lui sospira, esita per qualche istante, poi si sporge leggermente in avanti.

«Daisy, ho pensato molto a te, lo sai. Più di quanto avrei dovuto, temo. E credo che... anzi, sono convinto che noi due possiamo ricominciare. So che ci sono stati dei problemi, dei fraintendimenti, ma sono disposto a lavorarci. Tu sei una persona speciale, migliore di chiunque altra io abbia incontrato in questo periodo e sono certo che possiamo far funzionare le cose, questa volta. Se entrambi lo vogliamo.»

Rimango in silenzio per un momento. Me lo aspettavo da lui, lo ammetto. E ammetto che c'è stato un tempo in cui avrei dato qualsiasi cosa per sentirgli pronunciare queste parole. Ma ora suonano vuote, inutili soprattutto. Non c'è passione in lui, nessun vero desiderio di capire chi sono io e chi vorrei essere, di conoscere i miei sogni, le mie speranze. Io, a quanto pare, al momento sono soltanto la sua opzione migliore. Mi tratta come tratterebbe un affare da concludere al più presto. Prima che qualcun altro lo preceda e glielo porti via per sempre.

In fin dei conti, Edward sembra più propenso a riconquistare un trofeo perduto che a costruire qualcosa di reale insieme a me. E in fondo Lisa ha avuto ragione, si è rifatto avanti solo adesso che ha intravisto un altro uomo girarmi intorno. O forse quando ha percepito il mio interesse per un altro uomo.

«Non credo che sia una buona idea, tutto sommato. Non per me» dichiaro con voce calma e decisa. «Abbiamo preso strade diverse. E penso che sia meglio lasciarle tali. Ora ne sono davvero sicura.»

Lui mi punta addosso uno sguardo sorpreso, in parte anche infastidito. Ma si riprende rapidamente, assumendo un tono difensivo e mostrando la sua superiorità nei miei confronti.

«Se è questo ciò che vuoi, Daisy, mi sta bene. Ma sappi che non tutti sono disposti a offrire una seconda possibilità. Io non te ne concederò un'altra.»

«Non c'è problema, Edward. Non pretenderei mai tanto, da te.»

A questo punto sarei quasi tentata di ridergli in faccia ma mi trattengo, mordendomi le labbra. Quando esco dal ristorante, il freddo della sera mi pizzica le guance, però mi sento incredibilmente sollevata, come se mi fossi lasciata un peso enorme alle spalle, una parte di me che non mi appartiene più.

Scendendo dalla metropolitana e incamminandomi verso casa, il pensiero di James si insinua prepotentemente nella mia testa. Penso al suo sorriso, alla profondità delle sue splendide fotografie, al modo in cui riesce a farmi sentire ascoltata e vista. E, per la prima volta dopo tanto tempo, mi sento finalmente pronta a guardare avanti, a scoprire cosa il futuro potrebbe riservarmi. Tanto da non vedere l'ora di immergermi in una storia tutta nuova. Tutta mia.

CAPITOLO 10

È ormai trascorsa quasi una settimana dall'appuntamento con Edward e io non ho più visto James. La sua assenza si è trasformata per me in un pensiero fisso, un'ombra che si allunga su ogni momento della mia giornata. Ogni volta che sento suonare il campanello della porta del negozio, mi ritrovo a sperare che sia lui, con il suo sorriso enigmatico e la macchina fotografica appesa al collo. Ma ogni volta rimango delusa.

Lisa non perde tempo nel farmi notare la mia inquietudine, ormai palpabile.

«Stai cercando di convincermi che non ci sia proprio niente tra voi due?» mi chiede, appoggiandosi al bancone del negozio con un bicchiere di caffè in mano. «Guarda che non ci casco, mia cara!»

Con il cappotto rosso e il trucco perfetto, il suo look è sempre impeccabile, come se fosse appena uscita da una rivista. Io, in confronto, mi sento distrutta, con le occhiaie che toccano terra e sono tornata alla mia modalità preferita, jeans consunti e maglioni extralarge.

Mi stringo nelle spalle e sospiro, sistemando su uno scaffale in bella vista l'antico orologio a pendolo che Mr. Wilkinson mi ha appena aiutato a riparare. Mi allontano di qualche passo per ammirarlo. Ha fatto davvero un ottimo lavoro!

Poi mi volto e riprendo la mia conversazione con Lisa.

«Non lo so, davvero. Non so nemmeno cosa pensi lui di me. E non lo vedo da giorni. Di solito bazzica sempre in zona per il lavoro che svolge per la sua rivista, ma ora sembra sparito, volatilizzato. Ho anche provato a chiedere di lui in giro. Nemmeno Mrs. Evans e Mr. Wilkinson l'hanno più visto qui intorno. E ormai manca meno di una settimana a Natale.»

Lisa mi fissa, con le sopracciglia alzate. «E allora fagli sapere cosa pensi tu di lui! Ma sbrigati, accidenti! Caso vuole, James è sparito dopo che tu sei andata a cena con Edward. Capisci la strana, inquietante connessione. Avrà pensato che tu volessi tornare con il tuo stronzissimo ex, visto che Edward ha avuto la sfacciataggine di non darti tregua negli ultimi giorni! E ti dico la verità… anche io mi sono preoccupata.»

«E come dovrei fare?» ribatto frustrata, incrociando le braccia. «Non posso presentarmi alla sede della sua rivista a cercarlo. E nemmeno contattarlo attraverso il loro sito, al suo indirizzo e-mail oppure chiamarlo... Sì, insomma, potrei anche farlo, ma... se lui non provasse lo stesso?»

Lisa sbuffa e alza gli occhi al cielo. «Oh, accidenti, Daisy. Devi smettere di preoccuparti di cosa potrebbe andare storto e cominciare a pensare a cosa potrebbe andare bene. Sei incredibile, sei bella, intelligente, hai un grande talento, ma devi mostrare un po' di iniziativa ogni tanto. E se hai bisogno di un piano, beh, io sono qui per aiutarti.»

Sorrido e annuisco, apprezzo il supporto e i complimenti di Lisa. Ma non riesco a scrollarmi di dosso il nervosismo che mi attanaglia.

Però, dopo la conversazione con la mia migliore amica e una visita di Mrs. Evans, prendo spunto dalle loro idee e decido davvero di organizzare una sorpresa per James. Le parole di Mrs. Evans, come al solito, mi sono state d'ispirazione.

«Mia cara, la vita è troppo breve per lasciare che le cose importanti ti sfuggano. Non importa se la sorpresa non è perfetta. Ciò che conta è il gesto. Io sono certa che lui si rifarà vivo.»

Con questo proposito in mente, mi metto al lavoro. Il piano è davvero molto semplice: allestire una mostra fotografica sfruttando tutto lo spazio disponibile al "Daisy's Retro Dreams", usando alcune delle immagini più belle di James. Non si è più fatto vedere, ma la copia del suo portfolio è rimasto a me. So bene quanto significano per lui queste fotografie ma allo stesso tempo conosco le sue incertezze in proposito, i suoi timori. Rammento le sue parole. Ha bisogno di un piccolo incoraggiamento. Quindi penso che questo potrebbe essere un modo per smuoverlo e allo stesso tempo dimostrargli tutta la mia stima nei suoi confronti, il mio apprezzamento per il suo lavoro.

Trascorro due giorni a sistemare lo spazio nel modo più adeguato. Sgombro completamente un angolo del negozio e appendo le immagini che James mi ha lasciato. Ogni fotografia è ora incorniciata con cura e disposta con attenzione per creare un flusso narrativo coerente. Aggiungo luci calde per enfatizzare i dettagli delle immagini e preparo un piccolo tavolo con bevande, pezzi di torta e biscotti. Poi mi decido a cercarlo, a mandare un messaggio al suo indirizzo e-mail, sperando che lo apra e si presenti al negozio.

Sono in ansia, però. Magari preferirà ignorarmi, dimenticarsi di me.

«È tutto perfetto» mi tranquillizza Lisa, ammirando le fotografie e il modo in cui ho organizzato lo spazio che gli ho dedicato. «Se questo non gli dimostra quanto ci tieni, non so cosa potrebbe farlo.»

Mrs. Evans annuisce, cercando di rafforzare la mia convinzione. «Credo che James rimarrà molto colpito. Ma ricorda, Daisy, il risultato non è tutto.

Ciò che conta è che tu abbia messo il cuore in questo gesto.»

Anche Mr. Wilkinson, con la sua espressione bonaria e pacifica, è positivo riguardo al buon esito della piccola mostra che ho organizzato. «Hai fatto un ottimo lavoro, cara. Vedrai che il ragazzo tornerà sui suoi passi.»

Sospiro e annuisco, mi sento profondamente rincuorata dalle loro parole e anche dal fatto che i clienti hanno notato il mio impegno e mostrato un sincero entusiasmo per le fotografie di James. Intanto continuo a sperare che lui si presenti in negozio.

Quando più tardi lo vedo finalmente sbucare sulla soglia, sorrido felice e lo invito a entrare.

«James! Sono felice che tu sia qui. Come ti ho scritto nel messaggio, io… ho qualcosa da mostrarti.»

Lui incarca un sopracciglio, incuriosito ma un po' scettico. «Cosa hai combinato?» mi chiede con un accenno di sorriso. «Scusa se non mi sono più fatto vivo, è stata una settimana veramente impegnativa, per me.»

Lo guido verso l'angolo del negozio dove ho allestito la mostra in suo onore.

«Ecco, io ho pensato che sarebbe stato bello mostrare il tuo lavoro. Le tue fotografie sono troppo belle per rimanere nascoste. Hanno bisogno di essere ammirate.»

James osserva le immagini in silenzio e io, forse per la prima volta, non riesco proprio a decifrare la sua espressione. Speravo che fosse sorpresa, ammirazione… invece ora mi sta confondendo. Quando finalmente si decide a parlare, il suo tono è più freddo di quanto mi aspettassi.

«Non dovevi farlo» dichiara, evitando il mio sguardo.

Resto incredula, sento il cuore stringersi in una morsa. «Io… pensavo che ti avrebbe fatto piacere. Volevo mostrarti quanto rispetto il tuo lavoro.»

James si volta verso di me, gli occhi più scuri del solito sul viso affilato, la mascella contratta.

«Non è una questione di rispetto, Daisy. Queste fotografie sono personali, sono pezzi di me, del mio mondo, del mio vissuto. Le ho mostrate a te e le ho lasciate qui perché ti sei dimostrata tanto entusiasta, ma non sono pronto a condividerle in questo modo.»

Rimango senza parole, la mia emozione iniziale svanisce in un istante.

«Mi dispiace, non volevo invadere il tuo spazio, non volevo offenderti. Volevo solo… farti sapere quanto ci tengo a te e quanto credo nel tuo lavoro. Ma, a quanto pare, ho sbagliato tutto.»

James mi fissa a lungo, poi sospira e scuote la testa.

«Non è colpa tua. Sono io, la mia vita è quella che è, non sono abituato a restare a lungo in un posto, a dipendere dalle persone, a fare affidamento sugli altri. E a volte non so nemmeno io cosa voglio. So soltanto che non voglio permettere alle persone di ferirmi di nuovo. Mi sembra che anche tu sia nella stessa situazione, anche tu non sai ciò che vuoi davvero. Altrimenti non avresti così tanti dubbi restando sospesa tra passato e presente. O sbaglio?»

Sento le lacrime pungere agli angoli degli occhi, ma mi sforzo di trattenerle.

«Se è così, se è questo che pensi, forse è meglio prendersi del tempo. Per capire cosa vuoi davvero. Intanto io toglierò le fotografie dal negozio e le rimetterò nella tua cartelletta. Quando vorrai potrai passare a prenderle.»

James sospira, solleva una mano verso di me, come per sfiorarmi, ma io mi volto di scatto, amplificando la nostra distanza. Non solo fisica, ma soprattutto emotiva.

Percepisco i suoi movimenti alle mie spalle e comprendo che si sta avviando verso l'uscita del negozio. Vorrei seguirlo, vorrei fermarlo, ma rimango immobile. Quando mi volto, vedo la porta chiudersi dietro di lui. La mostra, che era stata preparata con tanto amore, ora mi appare vuota e senza significato.

«Ciò che conta è il gesto...» ripeto tra me le parole che mi aveva rivolto Mrs. Evans. «Ciò che conta è aver messo il cuore, in questo gesto.»

Le mie intenzioni erano buone, anche se forse James non lo ha percepito. Ho fatto davvero del mio meglio, per lui. Forse un giorno lo capirà, forse no. E magari comprenderà che, proprio grazie a lui, non sono più sospesa tra passato e presente.

Mi volto nuovamente verso le sue fotografie, riprendo ad ammirarle, una dopo l'altra. Mi parlano di speranza, di dolore, di passione per il suo lavoro, quella stessa passione che riscopro in me stessa, ogni giorno. Un senso di condivisione che non avrei mai raggiunto con Edward e probabilmente con nessun altro. E allora mi rendo conto che, nonostante tutto, ho fatto la scelta giusta, indipendentemente dal risultato ottenuto. Ho seguito il mio cuore.

CAPITOLO 11

Per quanto mi sforzi non riesco a togliermi James dalla testa, nonostante l'impegno con il negozio, le chiacchiere con i clienti e svariati tentativi per distrarmi. Ogni volta che chiudo gli occhi, prima di addormentarmi, rivivo quel momento in cui lui è uscito dal mio negozio e dalla mia vita: la delusione, la tensione, e quel senso di incompiutezza che da allora mi tormenta. Ho cercato in tutti i modi di concentrarmi sul lavoro, sui clienti, perfino sul piccolo restauro a un carillon che di solito mi avrebbe immersa completamente, ma niente sembra funzionare, questa volta. Le parole di Mrs. Evans, intanto, continuano a risuonare nella mia mente: *Non temere i cambiamenti.*

Proprio mentre sono presa a sistemare alcune piccole decorazioni natalizie, dono di una mia cliente abituale, Lisa entra in negozio con la furia di una tempesta e con un'espressione determinata dipinta sul viso.

«Ora basta, Daisy. Non puoi continuare a rimuginare su questa storia. Devi fare qualcosa.»

Sospiro e mi stringo nelle spalle. «E cosa dovrei fare, Lisa? Ogni volta che provo a dimostrare qualcosa, finisce male, molto male. Non ne combino una giusta, insomma!»

«Questo non è vero!» Interviene Mrs. Evans che, nel frattempo, ha oltrepassato la soglia e ci ha raggiunte vicino al bancone, portando con sé una vistosa scatola di biscotti. «Daisy, a volte la paura di fallire ci impedisce di vedere il successo che abbiamo già ottenuto. Tu hai già dimostrato di essere una persona audace e coraggiosa. Ora devi solo fare un altro passo, cercando di annullare ogni fraintendimento che si è creato tra di voi.»

Le osservo entrambe, passando lo sguardo dall'una all'altra. Si sono per caso messe d'accordo? Sembrerebbe proprio di sì.

«E se lui non volesse più avere a che fare con me? Da come ha reagito… e poi non è nemmeno passato a riprendere le sue fotografie.»

«Allora lo saprai, te ne farai una ragione e potrai andare avanti!» Lisa sgrana leggermente gli occhi e mi appoggia la mano sulla spalla. «Ma se non provi, non potrai mai saperlo per certo. E comunque io conosco un modo per parlargli direttamente. E con calma, questa volta. Ora stai tranquilla e ascoltami.»

In pratica Lisa, grazie ai suoi molteplici contatti, ha scoperto che James, dopo vari ripensamenti, ha accettato di partecipare a una mostra fotografica natalizia organizzata in un vecchio teatro del West End riconvertito in galleria d'arte. Si tratta di una mostra collettiva e James, grazie al supporto di Mark Lewis, l'editore della sua rivista, esporrà alcune tra le sue opere più intime, forse addirittura quelle della sua collezione segreta.

«Non so cosa fare, Lisa… io non vorrei…»

La verità è che ho paura. Una paura tremenda di essere umiliata e respinta, di nuovo.

«Insomma, Daisy. Con tutto quello che ho fatto per ottenere i dettagli della mostra, gli inviti per l'inaugurazione riservata agli ospiti speciali e agli addetti ai lavori…» Lisa ridacchia mordendosi le labbra. «Ho dovuto quasi "corrompere" Mark Lewis. Un uomo interessante, non mi sto lamentando. Valeva la pena conoscerlo meglio e approfondire!»

«Lisa!» Scoppio a ridere, anche se non sono dell'umore. Lisa è incorreggibile, quando si mette in testa una cosa non c'è modo di fermarla.

«Comunque… l'inaugurazione si terrà il 22 dicembre, domani sera. E tu dovrai esserci!»

Così mi lascio convincere. Anche perché non resisterei, ora che sono a conoscenza di questa mostra così speciale.

La sera seguente, quando mi ritrovo di fronte allo specchio di casa mia, sono attanagliata dai dubbi. Dopo alcune prove, ignoro i suggerimenti di Lisa che mi vorrebbe in tenuta supersexy e decido di puntare sulla semplicità.

Scelgo un abitino senza fronzoli ma elegante, in morbido velluto verde scuro, così da mettere in risalto i miei occhi, sapientemente truccati grazie all'aiuto della mia amica e personale esperta di make-up. Lascio sciolti i capelli, arricciandoli sulle punte, e sono pronta. O almeno spero!

Mi ritrovo di fronte al "Daisy's Retro Dreams", con Lisa, Mrs. Evans e Mr. Wilkinson pronti ad accompagnarmi, come una squadra addestrata a sostenermi in ogni momento.

Quando raggiungiamo il luogo dell'evento, noto che il vecchio teatro è stato trasformato in uno spazio magico. Le luci soffuse creano un'atmosfera intima e le pareti sono decorate con fotografie di ogni genere: ritratti, paesaggi innevati, dettagli urbani che raccontano storie nascoste, segrete. La sala principale è dominata da un grande albero di Natale, illuminato da luci bianche che scintillano dolcemente.

Mi sento sempre più tesa mentre cammino tra le opere, il cuore in gola. Intanto mi guardo intorno. Poi finalmente lo vedo. James sta conversando con un gruppo di persone, accanto a una parete dove sono esposte le sue fotografie. Riconosco, tra gli altri, il suo amico Simon che avevo visto alla festa e Mark Lewis, il suo editore che non avevo mai incontrato di persona.

Ma i miei occhi sono puntati solo su di lui, su James Scott. È più affascinante che mai, con addosso una giacca scura e una camicia bianca sbottonata sul colletto. Dal punto in cui si trova non mi può vedere, così mi perdo a osservarlo con calma. Noto che il suo sguardo è concentrato, ma il sorriso appena accennato è un po' cupo, distante, come se i suoi pensieri fossero altrove.

«Vai!» Mi esorta Lisa, spingendomi avanti. «Non perdere altro tempo.»

Sospiro e annuisco. Adesso o mai più! Così mi faccio strada tra la gente, con il cuore che batte all'impazzata. Ho una paura tremenda ma non mi fermo. Anzi, lo faccio, ma solo quando mi ritrovo proprio di fronte a James. Lui sposta subito lo sguardo su di me e, per un attimo, sembra sorpreso di vedermi qui, quasi incredulo.

«Daisy» pronuncia il mio nome, la sua voce è carica di emozione repressa, ma potrebbe essere solo una mia impressione. «Cosa ci fai qui?»

«Dovevo vederti» gli rispondo senza esitare, stringendo i pugni per cercare di mantenere la calma. «Posso parlarti un momento?»

Lui annuisce, saluta il gruppo con un cenno e si allontana insieme a me, conducendomi in un angolo più tranquillo della sala. «Dimmi pure.»

Prendo un respiro profondo, mi mordo le labbra per un istante e poi sollevo lo sguardo per fissarlo negli occhi scuri.

«James, mi dispiace davvero per come sono andate le cose. Come ti ho già detto quella sera, io non volevo invadere il tuo spazio o farti sentire a disagio. Volevo solo mostrarti quanto rispetto e ammiro quello che fai. Volevo solo che tu trovassi la spinta e la motivazione giusta per farti valere. E sono davvero contenta che tu lo abbia fatto, ora. Ma più di tutto... volevo che tu capissi quanto tengo a te. E per quanto riguarda il non sapere quello che voglio... non è più così. Non per me, almeno.»

James mi guarda, sembra turbato o forse commosso, però resta in silenzio. Allora continuo, la voce inizia a tremarmi ma non mi fermo.

«Non so esattamente quando e come sia successo, ma mi sono resa conto che non posso smettere di pensarti. Mi fai sentire vista, compresa, come non mi era accaduto mai con nessun altro. E so che sono complicata, imperfetta, insicura ma... ci tengo a te. E volevo che lo sapessi. Per questo sono qui, questa sera. Perché non sono più sospesa tra passato e presente, da quando... da quando ci sei tu.»

James rimane ancora in silenzio, un silenzio che temo non finisca mai, poi fa un passo avanti, avvicinandosi a me.

«Daisy...» La sua voce, mentre pronuncia il mio nome, è bassa e intensa. «Non sei tu ad essere complicata. Sono io. Ho sempre avuto paura di lasciarmi avvicinare, di mostrare troppo di me stesso. Per questo, quando hai organizzato quella piccola mostra nel tuo negozio, io mi sono sentito scoperto, vulnerabile. Ho avuto paura e sono scappato. Ma la verità è che tu hai trovato un modo per superare tutte le mie barriere, anche quando non volevo che accadesse. Per questo, alla fine, ho accettato di mostrarmi al mondo. Grazie a te. Avrei tanto voluto che tu fossi qui, questa sera, davvero tanto. Ma non osavo sperarci. Ero convinto che, dopo quella sera, dopo come mi sono comportato con te, tu non ne volessi più sapere di me.»

Sento il cuore battere ancora più forte. James, intanto, si china leggermente verso di me, il suo sguardo è diventato più dolce ma anche più appassionato. «Anche io tengo a te, Daisy. E se mi darai una possibilità, vorrei scoprire dove possiamo arrivare insieme.»

Le parole di James, così intense, mi provocano un sollievo improvviso, come se mi fossi appena liberata da un peso insopportabile.

Annuisco, con un sorriso, ma intanto mi passo entrambe le mani sul viso. «Non chiedo di meglio.»

Ci tratteniamo ancora, mentre la serata scorre e giunge al culmine, con la presentazione ufficiale di tutti gli artisti. Continuiamo a scambiarci sguardi mentre parliamo con le persone, con Mark Lewis, con Simon, con Lisa, Mrs. Evans e Mr. Wilkinson.

Così, incredibilmente, scopro qualcosa di Madeline Evans che non mi sarei mai aspettata, una rivelazione che mi lascia senza parole. L'editore di James la riconosce e lei è quasi costretta a confessare il suo segreto. Non è stata Lisa a farci avere gli inviti riservati agli ospiti speciali e agli addetti ai lavori. È stata lei, Mrs. Evans.

«Sì, Daisy, una volta ero io quella dietro l'obiettivo» sorride con aria nostalgica. «Negli anni Sessanta e Settanta, ero una fotografa di reportage piuttosto celebre. Ho viaggiato per il mondo, immortalando le storie di tante persone, di tanti luoghi. Mi sono ritirata quando ho deciso di mettere radici qui a Londra, ma la fotografia rimane una parte fondamentale di me.»

Anche James sembra sorpreso. «Conoscevo il suo nome come fotografa, ma non avrei mai immaginato che si trattasse proprio di lei. Perché non ne ha mai parlato?»

Mrs. Evans sorride, una scintilla di entusiasmo illumina i suoi occhi azzurri.

«Alcune storie hanno bisogno di tempo per essere raccontate. E altre hanno bisogno delle persone giuste per essere condivise. Nel mio caso, mi sono presa abbastanza tempo e ora credo proprio di aver trovato le persone giuste.» Infine, rivolge a me e a James uno sguardo tenero. «Credo che entrambi abbiate qualcosa di speciale. Non lasciate che la paura o i dubbi vi impediscano di scoprire il vostro talento, di coltivarlo sempre di più e di lasciarlo splendere.»

Annuisco e mi volto verso James. In questo momento comprendo, più che mai, che Mrs. Evans ha davvero ragione. In queste ultime settimane ho messo a rischio tanto di me stessa, il mio cuore soprattutto, ma alla fine sono riuscita a superare i miei timori e ora mi sento pronta per affrontare qualsiasi cosa, qualsiasi ostacolo, insieme a lui.

CAPITOLO 12

La mostra fotografica è stata un successo straordinario. Le opere di James hanno ricevuto complimenti entusiasti e molti esperti e visitatori si sono fermati a lungo davanti ai suoi scatti, persi nella profondità delle immagini. Io mi sono trattenuta e l'ho osservato per gran parte della serata, ammirandolo mentre parlava e rispondeva alle loro domande con la sua calma naturale e un pizzico di quell'ironia che fa un po' parte del suo carattere.

Quando la mostra giunge al termine e le persone cominciano a diradarsi, James mi si avvicina con un sorriso stanco ma felice.

«Grazie di essere qui. Significa davvero tanto, per me.»

«Non sarei mancata per nulla al mondo» rispondo, restituendogli il sorriso. «E non mancherò nemmeno le prossime volte.»

Lo guardo, perdendomi nei suoi occhi, mentre il rumore di fondo della galleria si attenua. La tensione tra noi, quella stessa tensione che ho percepito per settimane, sembra ora sul punto di sciogliersi.

Quando usciamo insieme dalla galleria, la città sembra avvolta da un silenzio magico. Gli altri ci salutano e se ne vanno, così restiamo finalmente soli. La neve, intanto, scende lenta, fiocchi piccoli e soffici che si posano delicatamente sul marciapiede e sulle strade illuminate da luci natalizie che brillano come in una scena da cartolina. L'aria è pungente, ma piena di una dolcezza che solo il Natale può infondere.

«Questa sera è stata perfetta» commento, rompendo il silenzio. «E le tue fotografie sono incredibili, James. Non smettono mai di sorprendermi.»

Lui sorride, abbassando lo sguardo verso il terreno coperto di neve. «Non sarei mai arrivato qui senza di te. Tu hai creduto in me anche quando io stesso non lo facevo. Hai creduto in me più di chiunque altro.»

Gli sfioro il viso con le dita, mordendomi appena le labbra. «Non dire sciocchezze. Tutto questo è merito tuo. Io ho solo cercato di farti vedere quello che già tutti sapevano.»

James mi osserva attento, i suoi occhi scuri brillano sotto le luci natalizie. «Daisy, tu non sei soltanto la persona che mi ha supportato. Sei molto di più. Sei entrata nella mia vita in un modo inaspettato e hai cambiato tutto. Mi hai mostrato che c'è ancora qualcosa per cui vale la pena rischiare.»

All'improvviso sento le lacrime pungere agli angoli degli occhi. «Anche tu hai cambiato tutto, nella mia vita. Mi hai fatto vedere che posso essere più coraggiosa, che posso lasciare andare il passato e abbracciare il futuro. E il mio futuro…» Mi fermo, cercando le parole giuste. Ma per quanto mi impegni non riesco a trovarne altre, così esprimo esattamente ciò che penso. «Il mio futuro posso vederlo solo con te.»

James muove un passo verso di me, i nostri volti ora sono a pochi centimetri di distanza. Posso sentire il calore del suo respiro nonostante il freddo. Poi, senza dire una parola, lui si china e posa le labbra sulle mie.

Il bacio da dolce diventa sempre più intenso, carico di tutte le emozioni che entrambi abbiamo trattenuto per settimane. Nel frattempo, io mi sento avvolta da un calore che mi scalda non solo il corpo, ma anche l'anima. La neve continua a cadere intorno a noi, creando un velo di magia che sembra isolarci dal resto del mondo.

Quando ci separiamo, sorridiamo entrambi, quasi senza fiato. James mi accarezza dolcemente il viso, spostandomi una ciocca di capelli dietro l'orecchio.

«Avevo paura di perderti» mi dice, sussurrando appena.

«Non mi hai persa» rispondo appoggiando la fronte alla sua.

Camminiamo insieme lungo le strade parlando di tutto e di niente, come se avessimo tutto il tempo del mondo. Percepisco il peso delle incertezze svanire, sempre di più, sostituito da una leggerezza che non provavo da tempo.

Quando raggiungiamo il "Daisy's Retro Dreams", ci fermiamo davanti alla porta del negozio. La luce delle decorazioni natalizie si riflette nella vetrina e dentro si intravede l'albero di Natale che stavo decorando nel momento in cui James è entrato, per la prima volta, nella mia vita.

James si gira verso di me, prendendomi le mani tra le sue. «Questo è il Natale più bello che abbia mai avuto. Grazie a te.»

Sorrido felice, sentendo il cuore gonfio di gioia. «E non è ancora finito. Questo è soltanto l'inizio.»

Ci abbracciamo sotto la neve, lasciando che il momento ci avvolga completamente. E, mentre il mondo continua a girare intorno a noi, io comprendo che, finalmente, ho trovato il mio lieto fine.

EPILOGO

Il "Daisy's Retro Dreams" oggi brilla di una luce calda e accogliente che sembra provenire direttamente da una fiaba natalizia. Ogni angolo è decorato con cura: ghirlande di agrifoglio si intrecciano sulle mensole, candele profumate riempiono l'aria con note di cannella e vaniglia e l'albero di Natale, al centro della stanza, è adornato con decorazioni vintage e luci scintillanti. Sopra al bancone, ho posizionato un grande cartello fatto a mano con scritto: *"Buon Natale da Daisy's Retro Dreams"*.

Accanto all'albero, una piccola esposizione di fotografie di James cattura l'attenzione degli ospiti. Le abbiamo disposte nuovamente al loro posto, ma questa volta James ha voluto partecipare attivamente all'iniziativa. Ogni immagine racconta una storia: una coppia che passeggia mano nella mano in una strada innevata, bambini che ridono attorno a un pupazzo di neve, un tramonto che illumina i tetti di Londra. È un tocco personale che unisce il lavoro di James alla magia del negozio.

Vestita con un abito rosso semplice ma elegante e un grembiule con motivi natalizi, mi muovo tra gli ospiti con un sorriso radioso. Il negozio è pieno di amici e di clienti abituali, tutti intenti a chiacchierare e a brindare con bicchieri di vin brûlé fumante o cioccolata calda. La musica natalizia suona in sottofondo, aggiungendo una nota festosa all'atmosfera.

John Wilkinson è intento a distribuire alcuni piccoli regali ai bimbi presenti, oggi sembra davvero Babbo Natale. James intanto, accanto al bancone, intrattiene un piccolo gruppo di ospiti, ma il suo sguardo mi cerca spesso, come se volesse assicurarsi che tutto vada per il meglio.

Lisa fa il suo ingresso con la solita energia, portando con sé una scatola di biscotti fatti in casa che posa sul tavolo accanto al buffet. E non solo… si è portata dietro Mark Lewis, l'editore di James, che ormai sembra completamente incantato da lei. Ma anche lei sembra piuttosto presa dal fascino di quell'uomo biondo e slanciato. Lo ammetto, stanno davvero bene insieme!

«Scusateci per il ritardo, ma qualcuno doveva portare un po' di stile a questa festa!» esclama con un sorriso, strizzandomi l'occhio.

«Lisa, tu sei perfetta come sempre» rispondo, abbracciandola. «Grazie per essere qui. E grazie anche a te, Mark.»

Poco dopo arriva anche Madeline Evans, elegantissima con il suo cappellino azzurro, intonato al cappotto. Porta con sé un regalo avvolto in una carta dorata e un sorriso un po' enigmatico. Quando entra, tutti gli occhi si girano verso di lei, come se fosse una presenza regale.

«Questo posto oggi è più bello e luminoso che mai, Daisy» sostiene, guardandosi intorno. «E tu, James, hai davvero un dono. Queste fotografie sono straordinarie. Così ho pensato di prestare anche alcune delle mie vecchie immagini natalizie.»

James arrossisce leggermente, accennando un sorriso. «Grazie, Mrs. Evans. È un grande onore per me. Ma devo dire che buona parte del merito va a Daisy. Senza il suo incoraggiamento, non avrei mai esposto queste foto, non sarei mai riuscito a trovare il coraggio di sfidare me stesso e mettermi in gioco.»

Mrs. Evans annuisce mentre cerchiamo il posto più adatto dove appendere le sue fotografie incorniciate, i suoi occhi brillano di approvazione. «Sapevo che voi due eravate destinati a fare grandi cose. Fin da quando vi ho visti insieme alla caccia al tesoro, io lo avevo capito.»

Quando la festa raggiunge il suo culmine, io e James ci ritroviamo accanto all'albero di Natale, osservando gli ospiti che ridono e chiacchierano allegramente. Mi appoggio al bancone, sentendomi per la prima volta, dopo tanto tempo, completamente felice.

«È tutto perfetto» commento, voltando lo sguardo verso James. «Anche se quest'anno non sono riuscita ad andare a trovare la mia famiglia per Natale, qui non mi sento sola, insieme a voi. Insieme a te.»

Lui si gira verso di me, il suo sorriso si intenerisce. «Lo è davvero, anche per me. E sai una cosa? Credo che questo sia il miglior Natale che abbia mai avuto, da tanto tempo. Ed è solo il primo di molti altri che seguiranno.»

Sorrido emozionata, poi prendo un respiro profondo. «James, sei sicuro? Di tutto questo? Di noi? Tu sei sempre stato abituato a girare il mondo...»

James prende le mie mani tra le sue, guardandomi negli occhi. «Daisy, per la prima volta nella mia vita, sono sicuro. Tu mi fai sentire come se potessi affrontare qualsiasi cosa. E non voglio più immaginare un futuro senza di te.»

Alle sue parole, sento le lacrime pungermi gli occhi, ma sono lacrime di gioia.

«Nemmeno io, James. In fondo, non ho mai creduto davvero nella magia del Natale, lo dicevo solo per consolare le mie delusioni. Ma quest'anno mi hai fatto cambiare idea.»

Lui sorride, avvicinandosi per sfiorarmi la fronte e poi le labbra con un bacio. «La magia non è nelle luci o nei regali. È nelle persone che scegliamo di avere accanto. E io ho scelto te.»

Intorno a noi, i nostri amici continuano a festeggiare. A un certo punto, Mrs. Evans si avvicina porgendoci un bicchiere di champagne, seguita da Lisa, Mark e John.

«Cosa ne dite di un bel brindisi?» ci chiede, sollevando il bicchiere. «Alla magia del Natale e a nuovi inizi.»

«Alla magia del Natale» ripetiamo tutti in coro, brindando con entusiasmo. «E ai nuovi inizi!»

Mentre il brindisi si conclude, io e James ci scambiamo uno sguardo complice. Il futuro non è ancora scritto per noi, ma entrambi sappiamo che lo affronteremo insieme. E questa sera, sotto le luci scintillanti del "Daisy's Retro Dreams" e grazie al calore degli amici, ho finalmente capito che il vero significato del Natale è proprio questo: amore, speranza e la promessa di un domani luminoso.

RINGRAZIAMENTI

Grazie infinite di aver affrontato insieme a me la piccola sfida di questa novella natalizia, con l'idea di infondere un po' della magia del Natale nel cuore di Daisy e James, i protagonisti della storia, e degli altri personaggi che li hanno incoraggiati e sostenuti con il loro calore e il loro affetto.

Ringrazio Londra e in particolar modo Covent Garden, un luogo che ho sempre adorato e che mi è rimasto nel cuore. Mi è sembrata la scelta ideale per narrare la tenerezza di un sentimento che sboccia e la nascita di un nuovo amore, un nuovo inizio.

Ringrazio Ghostly Whisper Ltd., la mia casa editrice, e Ladybug, la nuova collana appena inaugurata.

Ringrazio la mia famiglia per il sostegno costante e per l'incoraggiamento a non abbandonare mai la scrittura.

Ringrazio tutti voi, lettrici e lettori, per essere arrivati fino a qui, per avermi concesso il vostro tempo e la vostra fiducia. Vi auguro un felice Natale e tante ore liete da trascorrere in armonia.

Alla prossima storia!

Se volete seguirmi, mi trovate qui:

Facebook: https://www.facebook.com/KristinePetriAuthor
Instagram: https://www.instagram.com/kristinepetribooks/

Website: https://www.barbara-morgan.com

Facebook: https://www.facebook.com/BarbaraMorganAuthor/

Instagram: https://www.instagram.com/barbaramorganbooks/

X: https://x.com/BabsiMorgan

Threads: https://www.threads.net/@barbaramorganbooks

www.ingramcontent.com/pod-product-compliance
Lightning Source LLC
Chambersburg PA
CBHW020413150626
46554CB00013B/865